o colar da minha amada

Guido Cavalcanti

Editora InVerso

® 2022. Editora Inverso

R. Doutor Goulin, 1523 Alto da Glória
CEP 80040-280 Curitiba-PR
(41) 3254-1616 e (41) 3558-8001
editorainverso@editorainverso.com.br
www.editorainverso.com.br
Facebook.com/editorainverso
Instagram @editorainverso

COORDENAÇÃO EDITORIAL
Cristina Jones
Editora InVerso

REVISÃO
Carlos W. Jorge

ILUSTRAÇÕES
Maria Fernanda Gabardo

CAPA, PROJETO GRÁFICO E DIREÇÃO DE ARTE
Adriane Baldini

DADOS INTERNACIONAIS DE CATALOGAÇÃO NA PUBLICAÇÃO (CIP)
Mona Youssef Hammoud – CRB/ 9ª 1393

C377o

CAVALCANTI, Guido. **O colar da minha amada.**
Curitiba : Ed. InVerso, 2022
146 p. 15 x 18 cm PTBR

ISBN: 978-85-5540-271-5

1. Contos e crônicas. 2. Cotidiano. 3. Curitiba. 4. Observações.
I. Título

CDD: 869.5

Contos e Crônicas: 869.5 Cotidiano: 335.1

Para Rachel, minha mãe.
Ela, que foi inspiração
e personagem de várias
passagens literárias.

prefácio

MAIS QUE CRONISTA OU CONTISTA, POETA

O que o Guido Cavalcanti escreve tem um pé na crônica e outro no conto — mas sua cabeça está mais além, na poesia.

Foi lá que tudo começou, e é ainda lá que está a fonte na qual ele vai beber, a correnteza onde vai se banhar quando sente que tudo que tem é *"um campo vazio"*: *"a terra vazia e a cabeça do autor, vazia de ideias"*.

Dali é que vêm *"um risco de lua no céu, feito um compasso"*, *"o som das frutas madurando nos galhos das árvores"*. A dicção singular do *"carro de boi levando a erva pro barbaquá e depois, o boi na cancha"*, a personagem *"a chupitar o chá de todas as tardes"*.

Existe tanto para ser dito, e Guido busca o que dizer na observação das miudezas do cotidiano *("quando a pessoa diz 'na verdade', enquanto conversa conosco. (...) Como assim, antes de dizer isso você estava mentindo?")* e, principalmente, na memória.

Este *O colar da minha amada* poderia ser, também, A vida no retroprojetor. Quando lança o olhar para o que passou, sua prosa ganha ainda mais densidade. Seja nas evocações do *"ônibus"* que levava à Caixa *"Económica"* — e não leva mais. Na *maman* que chama para o jantar, no *papá* que lhe passa a mão pelos cabelos (aqueles que, anos depois, escorreriam pelo ralo *"como o desejo de escrever algo realmente bom")*. Na personagem que, idosa, já não reconhece as pessoas à sua volta, e quer retornar para a casa paterna.

"*As ondas molham a areia da minha praia; no entanto, vejo agora, essa não é a minha praia. Acho que já não estou aqui"*. Está *"lá adiante, a criança, de mãos dadas com seu pai"*.

Guido reescreve, reelabora. Salto 1 e 2, Retroprojetor 1 e 2, Ausência 1 e 2, *"Jamais esqueço meu medo de me abandonar em teu peito"*, *"Jamais esqueço teu medo de te abandonares em meu peito"*. É com essas pérolas que tece o colar da sua amada.

Rio, julho de 2022

Eduardo Affonso

sumário

uma tarde com o avô

Caminhavam pelas ruas do bairro um avô e seu neto. O menino andava bem adiantado, passos miúdos, apressados. O avô caminhava devagar, pensativo, sempre olhando o menino à sua frente. Chegaram até a praça e sentaram-se em um banco. O garoto não tinha sossego, levantou-se e manteve-se por um tempo em pé, sempre olhando ao longe, talvez para as nuvens, que formavam figuras no céu, ou o risco deixado por algum avião. Finalmente, ele voltou para perto de onde estava o avô e ficaram conversando uma conversa comprida, de muitas perguntas e respostas. Afinal, se levantaram e caminharam de volta, desfazendo os passos.

Durante o trajeto, o menino começou a brincar com uma pequena caixa de isopor largada no meio da calçada; e ia chutando a "bola", driblando seus adversários. Inesperadamente, ele arrancou em uma pequena corrida, controlando a "bola", parou e deu três embaixadinhas, antes de fuzilar para a parede em frente que, na sua imaginação, era a "trave". Depois, saiu comemorando e gritando "Goooooooooool"; seu avô também assistia, e ele viu o mesmo que o neto, a "bola" entrando mansamente no cantinho do gol, inalcançável para o goleiro. Talvez, se olhasse de novo, veria o goleiro, inconsolável, indo buscar a "bola" no fundo da "rede".

Chegaram finalmente em casa. Mas o menino queria continuar brincando, pegou então a embalagem de um eletroportátil e pediu para seu avô recortar um quadrado na frente, como o visor de um capacete. Colocou esse capacete na cabeça e empunhou a espada, feita de um pedaço de madeira. Corria para cá e para lá, fustigando seus inimigos com a "arma", sob as vistas do avô, que tinha um sorriso no rosto. Ele não precisava de mais nada para brincar. No final da tarde, ao ir embora, já estava sem a "vestimenta". Provavelmente assumira sua identidade secreta.

de *ónibus* até a Caixa *Económica*

"Você vai até a Caixa *Económica* para mim, filho?" Eu sempre achava aquilo engraçado. "Sim, mãe, vou. Pego um *ónibus* até a Praça Osório, dali é um pulo até a Caixa *Económica.*" Não havia jeito, eu a corrigia, e ela sempre repetia "ónibus", "Económica".

Minha mãe tinha um bom humor interminável, não havia o que abalasse seu otimismo. Eu a corrigia e ela ria, como sempre ria das minhas piadas, e meus irmãos diziam que eu era o filho preferido da mamãe. "Se eu fosse contar a piada, ela não ria", sempre alegavam.

Pensando retrospectivamente, lobriguei que não podia desmentir o apelido. Desde garoto tive uma grande ligação com minha mãe. Por algum motivo que nunca esclareci, meus irmãos estudavam pela manhã, apenas eu estudava à tarde. Doenças infantis acometiam primeiro meus irmãos; quando todos saravam, eu adoecia. Assim, havia períodos em que eu recebia mais atenção dela.

Assistíamos tv juntos, vários daqueles seriados de antigamente, e ficávamos vendo até um pouco mais tarde, rindo das "frias" que salvavam o herói. Revistas de palavras cruzadas e almanaques de enigmas eram outra diversão, mas haviam de ser aqueles em que a solução só fosse divulgada no número seguinte, senão mamãe dava um jeito de ir lá olhar as respostas. "Vamos fazer uma loucura?", às vezes ela dizia, e lá ia eu até a pizzaria buscar a loucura, uma pizza e o refrigerante.

O tempo passou, não nos víamos com muita frequência, apenas nos almoços de domingo ou nas reuniões de família. A cumplicidade que tínhamos permanecera, aquela risada gostosa das piadas que eu contava, as palavras cruzadas que resolvíamos juntos.

Minha mãe começou um dia a desfazer as memórias e, de esquecimento em esquecimento, sua vida já não é a mesma; agora vive no passado, e dói em mim a saudade do tempo em que ainda havia graça na brincadeira que eu fazia quando ela pedia "Você vai até a Caixa *Económica* para mim, filho?"

conto do vigário

Dia desses eu voltava do treino quase diário na academia, distraído, ouvindo música no fone de ouvido, quando “entrevi” com o canto do olho um sujeito, andando rápido ao meu lado, caminhando pela grama ao invés da calçada — “ao largo”, como se diz. A imagem passou pela minha retina e se alojou no cérebro, ainda sem avaliação crítica, pois o rapaz trajava uma roupa daquelas domingueiras — de caipira, sabe como é — camisa xadrez em vermelho ou algo assim, calça com cintura alta, bota lustrada, mas tudo meio novo, sem estar gasto. Não pensei mais nisso pois, distraído, me distraí mais ainda com duas pessoas que passeavam com os cachorrinhos e pararam para conversar.

Repentinamente, o tal sujeito, que tinha se afastado ligeiro, voltava lentamente em minha direção, agora com passadas inseguras, e me abordou, perguntando onde ficava uma tal Pagadoria. E já emendou, sem esperar a resposta, que tinha vindo do interior (não disse a cidade) de carona com o caminhão do leite e que o motorista o havia deixado na frente da rodoviária, pois tinha que fazer a entrega do leite, e que então pegou um táxi, mas ele percebeu que o motorista estava dando voltas, resolveu descer e continuar a pé.

Perguntou novamente sobre a tal Pagadoria, a respeito da qual eu nunca tinha ouvido falar. Disse então que não era letrado, usando uma maneira de falar que tentava fazer parecer como de caipira, e que tinha um bilhete com o endereço. Ato contínuo, puxou da cintura um papel, que veio junto com várias "notas" de cem reais, para que eu o ajudasse a ler. Confesso que minha primeira reação foi dar uma boa risada, mas me limitei a sorrir e dizer "Sinto muito, não sei do que se trata. Passar bem."

dia de jogo

Faço meu trajeto do trabalho para casa de ônibus, como sempre, hoje mais cedo, por causa do jogo do Brasil. Duas horas da tarde, eu me sento no último banco de um desses ônibus pequenos, sem cobrador. Ao meu lado direito, duas senhoras conversando, entreouço o que dizem, família, as crianças de hoje, não distingo realmente o assunto.

Ao meu lado esquerdo, uma mulher jovem, livro nas mãos, fone no ouvido, o celular tocando sua trilha. Tento imaginar que tipo de música ela ouve. Impossível. O livro, sim, vejo qual é. Um desses best-sellers que viraram seriado, confesso que não gostei quando li, parei no terceiro capítulo do primeiro volume, acabei emprestando para alguém.

Penso em perguntar para a moça que tal o livro, mas quase na mesma hora ela interrompe a leitura, fecha o livro e fica pensativa, talvez a música esteja mais interessante. Fico quieto então.

No outro banco, à frente da moça, está sentado um rapaz magro, de óculos, uma pequena caixa nas mãos. Fica observando a caixa, depois a abre, vejo vários tubos de tinta a óleo da marca Gato Preto. Hum, então ele é artista, pintor. Ou será um estudante, aprendendo ainda a manejar o pincel.

Em seguida, ele pega um dos tubos, abre e cheira a tinta. Tento imaginar o que sente, se há um prazer nesse ato, algo inconfessável. Fecha a caixa. Então percebo um tique nervoso: fica "roendo" a pele dos nós dos dedos, vários dedos, várias roídas. Melhor não olhar, fico nervoso.

Olho novamente para a moça a meu lado, bem vestida, blusa branca com bolinhas pretas, uma echarpe preta no pescoço, o casaco dobrado no colo, aliança grossa na mão esquerda, calça e, destoando um pouco do restante, um par de tênis velho e surrado.

Mas já é hora de descer.

cotidiano

Não há nada mais metódico do que tomar medicamento de uso contínuo. O ritual de abrir a embalagem, retirar o comprimido da cartela, ingeri-lo com um pouco de água, repetir o gesto todas as noites, todos os meses, todos os anos. São dois os remédios que tomo, um para a pressão e outro para o colesterol. Uma rotina repetida dia após dia.

Para não dar confusão, compro as embalagens com a mesma quantidade de pílulas, quase sempre as de trinta. Abro as caixas recém-compradas e, na hora de apertar o invólucro de alumínio para pegar as pílulas, meio distraído, percebo que falta uma delas; olho para a bancada da pia do banheiro, que é onde guardo os medicamentos, procuro e não encontro nada. Me agacho, numa posição constrangedora, para olhar embaixo do móvel e nada, nem sinal do danado do comprimido.

Acabo me resignando — mais ou menos — e passo a tomar o remédio dessincronizadamente, a agonia de ver as cartelas desemparceiradas, exatamente como o pé de meia que perdeu seu par na máquina de lavar, o brinco solitário na caixinha de joias ou os óculos que perderam uma haste. Começo a ficar angustiado, o que fazer quando chegar ao final? Decido, mortalmente ferido, descartar a pílula que ficou sozinha, uma viúva sem culpa que irá jazer na caixa de lixo especial, a ser descartada no local adequado, a seu tempo.

O tempo passa, abro a última cartela, ainda inconformado, e dou uma sacudida na embalagem, por algum insondável gesto inconsciente. Nesse momento meu coração bate um pouco mais acelerado, ouço um barulho diferente. Imediatamente viro a caixinha de ponta-cabeça, fazendo cair na bancada o invólucro, a bula e o comprimido sumido, que tinha ficado preso no meio do papel.

Hoje, ao pegar as cartelas para tomar os medicamentos, vendo a rotina restabelecida, senti muita paz.

escada rolante

Tenho acompanhado comentários sobre o costume de moradores de São Paulo e Rio, de "andarem" durante o trajeto nas escadas rolantes de shoppings, lojas e prédios. E se você, desavisado, não der passagem, certamente vai levar uma reprimenda daquelas! Mas, penso eu, isso é o certo? Interessado no assunto, tenho buscado informações com fabricantes de escadas rolantes, e pesquisado sobre o assunto. Como conclusão, se é que há alguma, apesar de não existir uma norma municipal quanto à segurança, a recomendação sempre é a de não se mover, afinal, a escada é que se move.

Em Curitiba fica difícil dar passagem; basta lembrar que muitas das escadas instaladas em nossos prédios não são largas o suficiente para permitir que outra pessoa passe a seu lado — sempre vai haver encontrões, coisa de que o curitibano não gosta muito. Quando possível, eu deixo a lateral para os apressados, mas pouquíssimas pessoas aproveitam para a ultrapassagem; imagino que sejam quase todos curitibanos. Quando vem alguém e passa, digo mentalmente "lá vai um paulista!"

Alguns dias atrás eu estava na esteira rolante de um supermercado — não era escada — e percebi um sujeito que acessou a esteira logo atrás; como ela era relativamente larga, dei passagem, ao que ele me falou "você é paulista?". Ri na hora e respondi que não, que eu era curitibano mesmo.

Acabei lembrando de minha primeira vez na escada rolante. Eu era criança ainda, e havia sido inaugurada uma loja moderna das Americanas na Ébano Pereira, com uma das primeiras escadas rolantes de Curitiba. Muita gente ia lá só para ver a novidade e usar a escada. Nesse dia fui com meu irmão mais velho para conhecer a geringonça. Na hora de subir, empaquei, com medo, e ele disse "não tem problema, vamos pela escada normal". Subimos então ao piso superior, onde ficava a lanchonete, fizemos um lanche, e, na hora de ir embora, meu irmão falou: "Tem um problema, me disseram que é proibido descer pela escada normal, tem que usar a rolante." E lá fui eu, cheio de medo, embarcar no negócio: coloquei um pé inseguro no primeiro degrau e a escada me arrastou para baixo; tive que ir...

na Serra do Mar

No sábado as aulas acabavam sempre ao meio-dia. Depois o pessoal se organizava para confraternizar; às vezes acontecia uma roda de samba, outro dia uma festa junina a caráter; naquele dia alguém trouxe feijoada, com tudo o que tinha no cardápio. Os dois amigos ficaram por ali, comendo e tomando caipirinha, que ninguém é de ferro.

Toda vez que um deles se separava da mulher, comprava um carro, mas não era bom motorista. Algum tempo depois, se reconciliavam, aí ele vendia o veículo. Naquela ocasião, a propósito, estava motorizado; o amigo bem que provocou, mas ele não dava bola.

No início da tarde, combinaram de ir até Antonina; havia o Bar da Baronesa, tinham que ir lá tocar violão. Pegaram o carro e desceram a serra. A rodovia permanecia em obras de duplicação, tinham que dirigir com cuidado.

Chegaram ao restaurante no início da noite, o local já estava movimentado. Comeram alguma coisa, camarões e ostras, muita cerveja. A cantoria foi até tarde, e ainda teve um barreado, prato típico da região, preparado como devia ser, panela de barro, pirão e tudo mais. Mais tarde ainda, teriam que subir a serra novamente.

A certa altura, baixou uma cerração que não deixava ver quase nada à frente. Eles iam dirigindo meio que pelo sonar, se é que existia sonar humano. Repentinamente, a estrada acabou à frente, e era um barranco só, ribanceira que alcançava o mar lá embaixo. Conseguiram parar o carro na beirada do precipício, e ficaram ali, com a respiração apressada. Foi quando o passageiro acendeu um cigarro e o amigo pediu um. Ele se virou e disse: "Mas você não fuma!"

fazenda do salto

Janela aberta, céu limpo, apenas as estrelas, um risco de Lua no céu feito um compasso, estrela cadente e um pedido. Ruídos da mata, mais para acalentar que assustar. Todos no quarto do sótão, além dos morcegos, incomodados com o lampião aceso. Muita conversa antes do sono, os causos e verdades do povo da roça.

Sol da manhã alumiando o quarto, cheiro do café fumegante na beirada do fogão e do pão recém-saído do forno. Café tomado, se fartar de pão, cavalos arreados, longas cavalgadas pelos pastos e estradas de terra. Tinha a cantoria da mata, tinha sabiá, tinha andorinha, tinha maritaca, tinha gavião.

Parada no moinho d'água, pés no chão, bebendo a natureza, sede de viver tudo, respirando o vento. Carro de boi levando a erva pro barbaquá e depois, o boi na cancha. Desce o barranco, trote para a casa, almoço na mesa. Antes, a casinha, ali atrás da horta, então o banho de banheira que era um luxo só, água trazida do riacho que serpenteava no fogão.

Passeio de jipe na cidade, comprar cachaça, anzol e linha pra depois, fumo de corda na bodega, atchim igual rapé. Igreja, padre, confessionário, pecados bobos, perdão e penitência; depois, a comunhão, hóstia consagrada, uma criança frente a Deus. Volta, volta na estradinha, barro, pedra e pó.

Vontade de sair, ir por aí, brincar, correr até onde nos levam as picadas, os atalhos, pescaria no riacho, perto do salto, *tchibum* na água, e rir e se cansar de rir. Na volta tinha laranjeira e trepar na árvore, *pfft,* guspe da semente na cara do outro. Noitinha chegando, volta pra casa que tem seresta, os mais velhos falando coisas dessa vida, jogando conversa nos ouvidos que tudo ouvem. Os primos na varanda, lampião no alto, baralho, violão e caipirinha, aguardente que não sacia.

Hora de ir embora, jipe na estrada, mas o coração lá. Viagem que só traz, fica na nossa memória, e nunca mais.

“está procurando algo específico?”

“Está procurando algo específico?” É o que a vendedora invariavelmente pergunta. Muitas vezes entramos na loja sem intenção de comprar, apenas para verificar os preços, comparar com outras lojas, ou mesmo apenas olhar as novidades. E a pessoa fica ali, de marcação, e nada de escolher o produto, experimentar no provador, se for o caso, ouvir as maravilhas que o produto proporciona, a pechincha que nos estão oferecendo. Ou, quando percebe que a venda não vai se concretizar, nos dá as costas e vai azucrinar outro. Em quase todas as lojas é assim; parece até que esse povo faz treinamento no mesmo lugar. Confesso que a situação é deveras irritante.

Assim, quando ouvimos a expressão “algo específico”, mesmo fora desse contexto, nos olhamos e sorrimos. Fazemos até piada, um chateando o outro. Eu abro a gaveta e ela diz: "procurando algo específico?". Ou é ela quem abre a geladeira e eu digo: "procurando algo específico?"

Outra expressão que incomoda é quando a pessoa diz "na verdade" enquanto conversa conosco. Não consegue elaborar uma frase sem enfiar um "na verdade" no meio. "Como assim, antes de dizer isso você estava mentindo?", dá até vontade de perguntar. E a pessoa continua colocando a expressão nas frases que diz; às vezes consegue colocar dois "na verdade" na mesma frase, e não percebe.

Por que eu digo isso? Estava acompanhando um programa esportivo e o apresentador fala: "Vamos repercutir os jogos da rodada, juntamente com nossos convidados e repórteres." E é sempre assim; em todos os programas, todos os apresentadores dizem isso "vamos repercutir a rodada". A expressão pode até ser correta, mas fica bem estranha. Isso quando o sujeito não fala "repercurtir". Aí já é demais.

lista de supermercado

Sabe quando você vai ao supermercado e vê um homem fazendo compras sozinho? Invariavelmente ele tem uma lista de compras na mão, e olha para ela quase a cada produto que coloca no carrinho. Mulher não; é muito difícil vê-la com lista na mão. Ela passa pelos corredores e escolhe o que levar. E aqui não estou comparando como cada um faz para decidir sobre determinado produto; isso é outra história.

Ontem à noite minha mulher preparou a listinha, alguns poucos produtos que faltavam. Dei uma olhada, a ver se tinha entendido tudo o que estava escrito. Ela se preocupou especialmente com dois produtos, receosa de que eu fizesse confusão, então fotografou as embalagens que tínhamos em casa e me mandou pelo whats.

Coloquei o celular para despertar. No dia seguinte fui o primeiro a entrar no supermercado, a moça que mede a temperatura nem estava a postos ainda. Passei pela entrada, e, quando fui procurar a lista, nada de encontrar; voltei até o estacionamento, procurei próximo ao carro e dentro dele — nada! Então lembrei, eu tinha colocado a máscara no mesmo bolso que a lista, e quando fui sair de casa coloquei a máscara no rosto e a lista se foi!

Eu tinha duas alternativas; voltava para buscar a lista ou me aventurava a tentar comprar puxando pela memória. Fui em frente; primeiro o sabão em pó, era um dos itens fotografados, marca conhecida, específico para um determinado tipo de lavadora, e ainda mais, com abertura frontal! A embalagem me pareceu pequena, coloquei duas no carrinho.

Comecei a me animar, parecia que lembrava de tudo. O próximo item, papel-toalha, peguei duas embalagens com duas unidades cada, ao lado o papel higiênico, também duas embalagens com três unidades cada. Depois foram um pacote de arroz parboilizado orgânico, três pacotes de açúcar demerara orgânico, três pacotes de farinha de trigo integral e um de farinha branca tipo gourmet, todos pacotes de um quilo.

Em seguida, uma embalagem promocional de enxaguante bucal, com duas unidades, uma pasta dental (que eu sabia não estar na lista), lâmina de barbear e um pacote de absorvente íntimo, esse o outro item fotografado. Foi bom olhar a foto, pois havia dois "modelos" bem parecidos, pude diferenciar. No trajeto, lembrei de comprar filtro para a cafeteira, era o nº 4, difícil de encontrar, peguei duas caixas (também não estava na lista, eu sabia).

Um litro de leite sem lactose, um pacote de pão de queijo congelado, leite de coco, azeite extravirgem e cinco garrafas pet de água mineral sem gás. Pronto, creio que estava tudo lá, além dos meus acréscimos. Na volta, marquei mentalmente que, se tivesse faltado algo da lista, eu voltaria ao mercado rapidamente. Quando abri a porta de casa, lá estava, no chão, a danada da lista. Corri olhar se faltava algo e, bingo! Tudo comprado, nada esquecido.

Dois reparos. O papel-toalha era para comprar só uma embalagem, e a água, que comprei cinco garrafas, era para comprar dez. Agora toca desinfetar tudo e guardar.

o autor

Um campo vazio. Vazio de tudo. Nenhuma construção, nenhuma vegetação, apenas a terra vazia e a cabeça do autor, vazia de ideias. Um texto, por favor, é tudo que precisa. Que texto é esse que não aparece, que não se materializa na tela do computador? Alguma coisa boa de ler, boa de pensar, boa até mesmo para guardar na memória.

O autor precisa escrever. É o que se espera dele, cronista ou escritor. Quem saberá? Mas a ideia não vem. Só o campo vazio que agora olha no quadro da parede. Sobre a mesa, o computador, o mouse, a impressora e o telefone fixo, que ainda resiste, mesmo com tanta ligação indesejada. Um porta-canetas e algumas folhas de papel sulfite em branco. Surge alguma ideia de texto? Não, ainda não.

Decide tomar um banho. Nessa hora sempre vêm muitas ideias, pensamentos loucos; isso quando não resolve cantar um pouco, voz de taquara rachada e falta de memória para as letras das músicas. Água abundante, na temperatura certa, pressurizada. Pressurizada! Isso é uma coisa boa. Antes, outros tempos, a água vinha sem força, nem sempre na temperatura adequada.

Ele deixa a água escorrer um pouco mais para ver se escorre também alguma ideia, algum assunto fenomenal que irá mudar o rumo da literatura, abalar os alicerces da Academia Brasileira de Letras. Não, nada; apenas alguns fios de cabelo que caem no piso do box como o desejo de escrever algo realmente bom.

Banho tomado e ainda nenhuma linha escrita no computador nem ao menos um rascunho nas folhas de papel. Passeia pela casa olhando quadros, fotos, vasos de flores, até atinar com a tv. Então lembra que haveria jogo do seu time, senta-se no sofá e assiste sem remorso. Remorso que virá bem depois, no silêncio da noite. Abre uma garrafa de vinho durante o jantar, com a esperança de que a inspiração surja com os vapores do álcool. Vã esperança, no entanto.

Vai se deitar cansado — um cansaço de quem sobrecarregou o cérebro com tentativas inúteis de ter uma ideia. O sono, entretanto, demora para chegar. Os filhos de Nix na certa se atrasaram, Hipnos e Morfeu, mas afinal fazem o autor dormir e sonhar. Acorda no meio da noite com uma súbita revelação: vieram as ideias, benditas ideias! Uma atrás da outra, todas fantásticas! Tinha tema para duas ou três crônicas.

Pensa em se levantar para anotar no papel cada uma, mas sucumbe ante o cansaço e a preguiça. Tanto faz. Ao acordar, essas ideias ainda estariam na memória. Bastaria lembrá-las e colocá-las no papel. Já não importa mais. Intimamente ele tem a certeza de que, no dia seguinte, terão ido embora com o sono e o cansaço.

por que escrevo

Escrevo porque, de outro modo, não teria voz. Ver as cores do céu em um final de dia, sentir o movimento do vento na copa das árvores, ouvir os pássaros cantando no fim da jornada diária, inventar uma estória de criança, isso merece ser dito, precisa ser escrito.

Tudo o que vejo, penso ou sinto pode ser traduzido em palavras lançadas no papel, escolho aquelas que melhor expressem o meu sentimento, a minha visão. Contudo tenho que fazer chegar aos outros, porque as palavras transbordam, não cabem dentro de mim, necessito deixar jorrar.

Depois, talhar as palavras para ficarem mais bonitas, vesti-las com roupas de sair, colocar adornos, como uma vírgula aqui, um ponto-e-vírgula ali, um ponto mais adiante, outro para o parágrafo; procuro nas araras das lojas do meu pensamento sinônimos para não tornar repetitivo o que quero dizer.

Se quero agradar às pessoas em geral, trato de encomendar palavras difíceis no comércio literário virtual, mas não quero ser pedante, assim, procuro não exagerar. Se pretendo contentar as crianças, vou ali na seção infantil, apanho as palavras mais coloridas, tagarelas, onomatopeicas que há, e coloco logo para brincar.

Será mesmo isso o que quero? Fazer com que o prazer da leitura seja o mesmo que o sentimento que vem a mim? E a cor do céu é essa mesmo que escrevi? O som do beija-flor voando, o grito das maritacas, os latidos, o apito do trem ao longe, o cheiro da chuva que molha a terra? Quem me lê realmente sente o que quero exprimir?

É preciso parar o tempo, o movimento das nuvens preguiçosas; às vezes penso que posso roubar o sol, ou a lua e as estrelas, sair por aí e contar para as pessoas palavras soltas que, quando se juntam, formam sentido. Existe tanto para ser dito, coisas escritas ao acaso se aglomeram, guardo as lembranças, para relembrar novamente.

Palavras, quero desvendar seus mistérios, sou poeta.

morcegos conseguem "prever" o futuro para encontrar alimento, diz estudo

— Acho melhor voltarmos, Aroldo.

— Por que você diz isso, Sidinéia? A gente mal começou a procurar comida!

— Estou com um mau pressentimento, Aroldo. Algo vai acontecer, estou sentindo isso.

— Não consigo entender aonde você quer chegar, Sidinéia. Nós estamos prevendo que o jantar de hoje vai ser farto, não estamos?

— Você não enxerga, Aroldo? Não vê que a gente está num labirinto de sons, ecos e reverberações? Tudo que a gente faz está sendo medido, escutado, estudado. Aquela lenga-lenga de que fomos voluntários para o estudo não passa de enganação. Não temos liberdade, não temos vontade, quiçá o livre-arbítrio de que tanto falam.

— Maldita hora que saímos da nossa caverna! Saudades da liberdade de acordar quando queríamos, respirar o ar da floresta, voar todas as noites atrás de comida; a gente sempre previa o cardápio, aqueles insetos saborosos. Então apareceram esses cientistas, acenaram com a possibilidade de ficarmos famosos. Antes não precisávamos de nenhum maître para nos dizer o que tinha no menu, agora vêm aquelas gororobas francesas que mal enchem o prato, e olha que a gente nem gosta de sangue. Hoje é tudo controlado, tem hora pra tudo, até para o sexo, Sidinéia! Uma rapidinha e olha lá!

— Enfim, estamos aí, eles querem saber como prevemos o futuro, ficam examinando cada passo que a gente dá, nossas dormidas de cabeça para baixo, nossas transas, nossas voadas. Mamãe deve estar preocupada, faz tempo que deixamos os garotos para ela cuidar, mas, já viu, ela não tem idade para isso, a labirintite não deixa o radar funcionar direito. Já estou até prevendo, ela vai se atrapalhar toda, sua ecolocalização já era.

— Tem razão, Sidinéia. Acho que devíamos repensar essa coisa de servirmos como cobaias. Vamos voltar para a caverna. Seus parentes vão gostar, afinal a gente nunca teve raiva de ninguém. Vou até virar vegetariano como você quer, comer frutas, néctar e flores apenas.

— Ainda assim, Aroldo, não consigo ficar sossegada. Algo vai acontecer, e bem grande! Estou antevendo, vai ser uma desgraça! Depois ainda vão dizer que a culpa é nossa. Então acho melhor não irmos visitar sua mãe. Aqueles vizinhos que ela tem não me inspiram confiança. Além do que, não quero mais sair da China.

o colar da minha amada

Passa pela noite a morte na beira da praia o som do mar, e as gaivotas a voar. Flutuo no céu dentro do quarto, o cavalo a galopar respirando levemente, profundamente. A mente traz o passado. Universo verso.

Flui o tempo passa para o passado, meus olhos antigos em cima da estante ficam a me fitar, longos voos no meio da noite, não sou eu a zelar pela sorte.

Zune o zumbido como sempre zumbe, zumbido zunindo em meu ouvido. Às vezes vem, às vezes vai zumbir. Zune, zoe, zone, zuna, suma! Paro e presto atenção, o zumbido está lá como sempre esteve, e zumbe e zumbe unissonante irritante.

Perto aperta a dor do peito, quem me dera abrir com jeito e me livrar da dor que me amarra para sempre nesse labirinto. De tanto andar não consigo sair e corro a esmo até cair na beira do gramado. A mente cansa a respirar até voltar o fôlego.

Lembro da bronquite, e sobe o morro, escada muito longa, paro a cada instante. Olho em volta a vista é linda, muito mar, muita areia, dá vontade de voar. Abro as asas, vagueio para fora dessa tela, vou ao outro ponto do infinito num instante.

Até se ouvir o cantar, a voz, mas é bom de ouvir, sereia a me chamar no barco com a luz do lampião na ilha. Ela vem chamar, eu vou, eu vou sem sentir, até minha alma se torcer.

Não sou mais eu, alguém que nesse mundo já morreu, mas não partiu. O cais vazio e o sino badalando sem parar. Farol que me prendeu. Onda sobre o rochedo a bater até parar.

Então resvalo pelo cascalho, a água escorrendo, só uma concha a brilhar a pérola. É o colar da minha amada, vou até você sem pedir para parar.

o vinho de papá

Tenho que levar a papá esse vinho para a refeição do dia. Papá me dá importância, sou o filho mais velho, já posso até me sentar à mesa com os adultos. E bebo do vinho que ele me dá, misturado com água e açúcar. Hoje não vou fazer como da outra vez, quando todos foram ao campo e fiquei só eu em casa, cuidando do pequeno. Me pilhei com uma garrafa de merlot que estava na adega da cozinha, fiz a mistura como papá faz. Acho que exagerei e acordei só à noitinha, todo mundo preocupado com meu sono pesado, mas ninguém brigou comigo.

E, sendo o filho mais velho, penso no dia em que eu vou poder participar da colheita, e ajudar na vinificação (acho que assim que papá fala), e daí tirar o vinho, que vai ficar nas barricas até a época certa. Engarrafar ainda é algo manual, vi na feira de ciências algumas máquinas que fazem quase tudo sozinhas, vou poder comprar uma dessas e fazer com que papá fique mais descansado no final do dia, para poder conversar mais.

Chego em casa e vejo papá, como sempre, sentado no banco sobre as toras de lenha do fogão, cansado do trabalho do dia. Ele acende o cigarro na brasa que esquenta a chaleira do chá de todas as tardes. Aí ele solta uma baforada que forma anéis de fumaça no ar e tenho a lembrança do dia em que ele me pegou com o cigarro aceso na mão, tentando imitar aqueles anéis. Ele fica parado, me olhando com uma expressão severa, depois cai na risada e tenta me mostrar como fazer (escondido de maman).

Penso como é bom ouvir as histórias que ele conta, dos tempos em que ele era da minha idade, as estrepolias que fazia (e vejo maman pelo canto dos olhos, desaprovando que ele me diga suas traquinagens), mas no final ela ri gostoso quando ele elogia a comida que ela faz, o carinho com que tenta arrumar os cabelos dele, compridos e revoltos, sempre despenteados.

Sei que maman também fica feliz quando vê papá sentado a meu lado, no último degrau da escada que sai da porta da cozinha para o pomar, com uma taça de vinho na mão, enquanto fico a desfiar minhas aventuras do dia, as correrias pelo quintal com Nenette e Baguette, minhas cachorrinhas, ou as brincadeiras com Charlie e Jolie, os coelhos que maman não deixa matar. Às vezes papá fica com um olhar que parece meio distante, mas me ouve com atenção, até faz perguntas que nem sempre consigo entender, mas parecem importantes.

Então maman chama para o jantar. Nos levantamos bem rápido para a cozinha, e papá passa a mão nos meus cabelos.

um quadro

“Shhhh! Vai começar o filme”, escrevo nas redes sociais, pedindo silêncio. Sentado no sofá da sala, os créditos iniciais já rolando, taça de vinho e aperitivos na mesinha ao lado, estou pronto. O filme é muito bem recomendado, sucesso de público e de crítica, não tem como dar errado.

O início é promissor, prende a atenção. A trama se desenvolve em um bom ritmo, não muito frenético, como são alguns filmes atuais, nem tão lento como nos mais antigos. Por algum motivo insondável, meu pé começa a coçar. Coço com as mãos, mas isso não parece ser suficiente. Atento ainda ao filme, me levanto e passo a coçar o pé esfregando-o suavemente no tapete.

Parece que assim é melhor, a coceira vai se esvaindo, os movimentos com o pé são ritmados, até que, numa pausa dramática do filme, olho para baixo e vejo, desenhado no tapete, parte de um quadro feito de tons diferentes do tecido. O movimento que fiz com os pés para aplacar a coceira foi capaz de produzir um efeito de tela com os fios do tapete. Perco o interesse do que se passa na tela da tv e fico admirando aquele desenho. Surge uma ideia, afasto a mesinha de centro para o lado e fico a passear o pé pelo tecido do tapete, entretido em formar um quadro.

A essa altura, o quadro pronto, fico admirado com o resultado. Lembro logo daquela associação dos Pintores com a Boca e com os Pés, que produz lindos cartões de Natal e calendários. Penso em fotografar a arte, pois é efêmera como as esculturas feitas na areia da praia. Vou até o escritório buscar o celular que havia deixado carregando e volto para a sala, a procurar o melhor ângulo para a fotografia. Nesse momento, o filme vai chegando ao final, o que me faz prestar atenção novamente.

Distraído mais uma vez com o filme, celular na mão, meu pé começa a coçar novamente; volto a fazer aqueles movimentos ritmados, a ver se consigo parar a coceira. E o filme acaba, de fato uma história muito boa, ótimos atores, um desfecho surpreendente.

Surpreendente também o final da minha obra; quando me dou conta, olho para o chão e não vejo mais nenhum quadro, apagado com o movimento do pé, e que eu não tinha fotografado ainda. Entendo então como tudo pode ser fugaz e irrecuperável.

batalhas

Sobre todas as coisas, a criança está triste. Seus olhos veem o passado, não o futuro. Não tem o que temer, tudo que tinha perdeu. Nada de amor, só angústia. Tem sede de rir, tem vontade de sumir, quer se libertar do dever de servir, da necessidade de ir.

Só consegue se esquecer dela mesma assim. O rosto pintado, suado. A sensualidade que exala a liberta, ao mesmo tempo aprisiona, a fumaça que engole mata aos poucos. Traz os olhos cheios de fumaça, a cabeça parece estar como a explodir, a cada dia e sempre mais. Não tem amor, mas também não alimenta a dor.

Pensa em tudo que já houve e ficou na mente. Não se entristece, porém não se alegra pela ausência de decisão no passado. Talvez o futuro a encontre na mesma imagem, que não disfarça a verdade de cada mentira. Não quer ter que parar, mas não vê ânimo de voltar a lutar. Já perdeu seus medos, mas não quer ousadias.

Agora está completamente parada, um vento frio no rosto. E tudo no dia se resume ao batimento do sim e do não, do crie e destrua, da dor e do prazer, do aqui e agora, do inspire e expire, do viva e morra de cada dia. As coisas sem sentido que ela faz, uma prisão feita de ilusão.

Quer ir em frente com a sua agonia, quer ser livre de dúvidas, as dívidas do dia a dia. Poder correr, brincar, voar, viver. Nada do que faz a aproxima disso. Sofre em silêncio, lágrima alguma consegue verter. Todos a questionam, querem saber sem razão tanta coisa que ela nem sabe. Não tem lembranças, apenas uma colagem de fotos amareladas, desfocadas.

E como a dor é real, também esquece que a morte existe. Não há opressão, mas não sabe chorar pela ausência de amor, e como a dor é real, também se abstém de pensar. O cigarro já apagou. O coração dilacerado pela ilusão que sufoca sua alma, um cansaço de vida, agora fica só e se cala, para evitar o grito que anuncie ao mundo a sua agonia.

ausência

O relógio na parede marcava quatro horas da tarde. Ela se levantava da poltrona e caminhava até a cozinha, onde a caneca começava a fumegar em cima do fogão. Uma xícara de chá e alguns biscoitos, que ela mesma fazia, eram seu único luxo. Depois de servir a chávena, voltava para a poltrona da sala e ficava bebericando o chá.

O ofício de estivador era sufocante, mas permitia que ele trabalhasse quase sem pensar. Acordava sempre de madrugada, o barulho na pensão começava cedo, de modo que tomava um café reforçado, com pão na chapa e ovo frito, praticamente a única coisa que podia pagar. O relógio da parede marcava seis horas da manhã. Ia a pé até o porto, cumprimentava o encarregado da guarita que, depois de poucos anos, conhecia bem sua rotina.

Permanecia muito tempo ali, seu olhar sempre encontrava o relógio na parede, ficava a observar o lento arrastar dos ponteiros, a cabeça quase livre de pensamentos. Doía pensar, doía também lembrar; nada mais importava, era suficiente respirar. Inútil tentar mudar a direção dos olhos, o horizonte era o mesmo, fazendo dolorosa a hora de dormir. Os olhos se fechavam, sua imagem refletida no espelho da cômoda. Dormia até o amanhecer.

Trabalhava pesado, sem parar, até as quatro da tarde. Voltava para a pensão e dormia até o anoitecer, quando então saía para a segunda refeição do dia. Repetia o mesmo prato sempre que ia ao bar, arroz, feijão e a mistura, com um copo de suco. Depois arriscava uma partida de general; nessa hora conversava um pouco. Tinha medo de se calar, porque o silêncio implicava ausência.

Os dias seguiam assim, sem nenhuma disposição ou entusiasmo. Mantinha a casa arrumada, não recebia visitas, não conversava com ninguém, a família ou amigas. Apenas repetia a rotina que conhecia bem, depois de poucos anos. Aos domingos ainda ia à igreja se confessar, nessa hora conversava um pouco. Tinha medo de se calar, porque também ali o silêncio implicava ausência.

Percebeu que a vida não lhe trouxera as respostas que ansiava. Arrumou as poucas coisas que tinha e se foi, sem ao menos voltar ao porto. Pensou, pela primeira vez, na vida que tinha abandonado. Lobrigou ter agido intempestivamente naquela ocasião. Nesse momento sentiu falta da época antiga. Tomou o ônibus para sua cidade e partiu, a cabeça cheia de pensamentos. Nada mais importava, mas doía pensar, doía também lembrar.

Sentada na poltrona da sala, ficou a chupitar o chá de todas as tardes. Permaneceu muito tempo ali, a cabeça livre de pensamentos. Ouviu barulho no hall de entrada, então a porta se abriu e ele ficou ali parado, quase à espera de um convite para entrar. Ela se levantou da poltrona e o recebeu, pegando a pequena valise de suas mãos e depositando junto ao cabideiro. O relógio na parede marcava quatro horas da tarde.

conchas

Afinal, lá está o nome do sítio, escrito em uma placa de madeira acima do portão. Nos perdemos várias vezes num emaranhado de estradinhas desconhecidas. O caçula desce para abrir, algumas luzes se acendem, é o casal que toma conta da casa e estava a nossa espera.

Levanto-me cedo no dia seguinte. Vou até a cozinha, pensando no que fazer para o café da manhã. Mas lá encontro Rita, mulher do caseiro, terminando de coar o café, a mesa já arrumada, com muitas frutas, pães, geleia e suco. Afinal, não preciso fazer nada.

Os dias vão passando, ela prepara todas as refeições e arruma a casa. Seu marido vai até a cidade algumas vezes, para as compras necessárias de mantimentos e o mais que faltasse. São as primeiras férias em que não faço nada além de trocar o maiô.

O sítio tem duas praias, uma delas pela frente da propriedade, formada pelos rochedos, e outra mais ao fundo, com bastante areia. Passo os dias ali, os pés descalços na areia, os grãos escorrendo pelos dedos, vou catando conchinhas para minha coleção.

***

Sou pequena ainda, vamos para a praia com papai e mamãe nas férias de julho, papai diz que é por causa da malária. Gosto de observar vovó na lida diária com a comida e a arrumação da casa, sei que mamãe não gosta de cozinhar ou da arrumação.

O que mais adoro é andar pela praia, pés descalços na areia, os grãozinhos escorrendo pelos dedos. Encontro muitas conchinhas no caminho e começo a juntá-las, para depois levar para casa. Mamãe arruma uma caixa de madeira para guardá-las. As mais bonitas, coloco lá, mas não jogo fora as outras; essas, com pequenos defeitos, furadinhas ou descoloridas, coloco em outra caixa.

***

Medo, sinto medo quando acordo no meio da noite, é quando tenho pesadelos. Acordo chorando e chamando por papai, ele está ali ao lado da cama, me olhando e falando alguma coisa que eu não entendo, depois some, como se estivesse levitando.

Não sei onde estou, só sei que não é minha casa, então chamo por mamãe, mas não é ela quem vem. Sinto muita saudade de papai e mamãe, não entendo por que eles não vêm me buscar. A moça que está sempre comigo, parece que é minha amiga ou minha filha, não sei bem, diz que eles estão viajando, será mesmo? Tenho dificuldade para comer, também não consigo me locomover direito, alguém sempre me ajuda, até mesmo na hora de tomar banho.

Estou sentada no sofá, mas esta não é minha casa, quero ir embora, dizem que depois vou poder ir. Peço para ligar para o papai, para ele vir me buscar; ou então posso pegar um carro de aluguel, já tenho idade para ir sozinha, muitas vezes é assim que volto da casa das minhas amigas.

Em cima de um móvel, encontro uma caixa de madeira, está cheia de conchinhas, todas muito bonitas; em minha mente, sinto que não estou mais aqui, sou como uma concha que se fecha.

Na minha frente, algumas pessoas conversam, estão falando comigo, mas não me respondem quando falo. Aí alguém me diz que aquilo não é real, é a televisão.

O que quero mesmo é ir para casa e me encontrar com papai e mamãe.

vazio

Sou uma pessoa sem cordura, não tenho ninguém. Cedo peguei o rumo do mundo, levei muita surra, me tornei o gato que arranha, o cachorro que morde. Tenho que seguir em frente, mas não tenho para onde ir.

Chego tarde em casa, não existe decoração ou enfeite. A comida que tenho é o suficiente para saciar a fome. Uma garrafa de vinho em um copo de vidro, coloco música para tocar, um blues de cortar a alma.

Fico deitado na cama, querendo saber aonde o pensamento me leva. Cheguei a pensar que tinha perdido a cabeça, mas, ao invés, foi meu coração que perdi. Os anos de amargura passaram, ficou o vazio na alma.

Durmo. No sonho a fantasia me leva para onde eu penso que queria ir. Não há opressão, não há mais tempo para sofrer. Palavras, nesse sonho, formam sentido, preciso apenas navegar para fora de mim. Não quero lembrar o passado, a dor maleando como martelo me faz acordar.

Na cabeceira ao lado da cama vejo meus olhos antigos, não enxergam mais nada. Alguns comprimidos, um copo com água, e adeus, dor. A mesma dor que me acompanha o tempo todo me cumprimenta e pede para eu levantar, já é tempo de padecer mais um pouco.

É cedo, pego o rumo da rua, as pessoas em volta pouco me olham, não sabem o quanto apanhei. Sigo em frente, sem saber para onde ir. Não volto para casa até que a noite chegue, escondendo minha amargura.

Estou novamente em casa, há comida, vinho, a música que me corta a alma. Rotina que se repete, desde sempre. Deito-me na cama, o pensamento foge de mim, fica o vazio no lugar. Durmo sem sonhar. Não há mais tempo, só a solidão, não tenho ninguém para me enterrar quando eu estiver morto.

com emoção

— Você é um cara muito azarado. Puta merda! Como você é azarado!

Estavam sentados perto um do outro, na apertada antessala do escritório jurídico. O divórcio era para ser amigável. Quer dizer, razoavelmente amigável. Não havia muitos bens em disputa. Olhavam-se furtivamente como se nunca houvessem se olhado. Os olhares se encontraram, afinal, um sorriso sem jeito aqui, uma careta involuntária ali.

— Você é um cara muito azarado — repetiu. — Puta merda! Como você é azarado!

Ele não falou nada, meio constrangido, a recepcionista ouvindo tudo.

— Começou ainda na nossa lua de mel, você se lembra? Aquela agência de turismo do seu amigo da faculdade, bem mequetrefe. Só podia dar no que deu! A companhia aérea não prestava, o hotel era vagabundo, as atrações prometidas eram uma furada!

— Sim, eu me lembro! Mas eu me lembro também de que na época nós dois levamos a situação na esportiva e nos divertimos muito. Uma lua de mel inesquecível, nós dissemos, e rimos.

— É... Você tem razão. Foi divertido mesmo, reconheço. Mas o azar acompanha você desde sempre. Na nossa volta, o avião quase caiu, tivemos que fazer um pouso de emergência no meio do caminho, e o resto da viagem foi de ônibus!

— E nós transamos ali no ônibus, você quem me provocou, lembra?

— Aham... Depois foi aquele acidente com o carro na descida da serra. A gente quase morreu!

— Sim, eu me lembro. Mas, se não tivesse acontecido, de que outra maneira nós teríamos descoberto aquele sítio deslumbrante que estava à venda, ali no pé da serra? O sítio onde nós vivemos maravilhosamente por um tempo, você mesma falava que nunca iria sair de lá!

— Sim, mas isso foi antes do sítio pegar fogo! De onde você tirou aquela ideia de jerico de dar uma caixa de fósforos para o Paulinho? Ele simplesmente detonou a casa.

— Eu queria que ele me ajudasse a fazer o churrasco, não sabia ainda da piromania dele. E foi bom, por outro lado. Nós pudemos colocá-lo cedo em uma clínica muito boa, talvez ele tenha alta em mais alguns anos, se o tratamento der resultado. E ele sempre foi um filho amoroso, você tinha orgulho dele, as notas boas na escola.

— Ainda teve aquele apartamento que você insistiu em comprar da Encol. A empresa faliu, ficamos com a dívida e uma obra mal iniciada.

— Você deve se lembrar de que criamos um grupo de compradores da Encol, retomamos a obra, e ficamos com aquele apartamento lindo que você amou mais do que tudo, e onde a gente mora até hoje.

— É, foi assim, reconheço. Olhando por esse lado, nossa vida teve seus encantos.

— Então, você acha que devemos jogar tudo isso fora, por causa de sua superstição?

***

A porta do escritório é aberta, o advogado olha para a sala vazia e pergunta:

— Dona Vanessa, onde está aquele casal que veio assinar os papéis do divórcio?

— Olha, doutor, eles ficaram entabulando uma DR por um bom tempo, aí começaram a se achegar, falaram umas coisas quentes no ouvido um do outro, que eu mal conseguia ouvir, pegaram suas coisas e se mandaram. A última palavra que ouvi foi "motel", acho que é aquele, meu tigrão!

— Que é isso, dona Vanessa? Não vamos comentar essas coisas aqui...

***

— Que foi que aconteceu, querido? Não vai dar para ir embora? Estou cansada, quero ir para casa!

— Sabe o que é, benzinho? Enquanto a gente estava mandando ver, o pneu do carro esvaziou. Agora tenho que trocar, mas também estou tão cansado...

ah, poesia!

Agora fico a te procurar dentro de mim, como um mendigo no meio da noite, como a alma vagando dentro do louco. Embora lúcido, não encontro meio de varar essa noite. Alma minha, onde anda a poesia?

Não vejo mais horizonte, esse limbo me aprisiona. Quero libertar as ideias, sair por aí, voar como Éolo e todos os ventos, fazer com que o espaço não seja e o tempo não aconteça. Ser como uma figura que se desprega do quadro e representa um pouco de vida.

Preciso refletir, espreitar o futuro, interpretar o passado, o último instante do passado, mas fico preso ao presente. As coisas não são como costumavam ser, acontece quase o tempo todo, eu deveria poder esquecer isso.

Eu continuo cansado, a estrada não fica mais curta, estou sempre correndo e, uma vez que estou indo por essa estrada, não há nada que eu possa fazer para mudar, não posso perder meu caminho.

Acho que assim é o processo de aprender essas coisas. Não vou deixar a mudança me confundir, vou saber a minha deixa para ir embora. Não há mais nada a dizer, sou apenas um viajante neste mundo estranho.

Não estou mais tão cansado, parei de correr, agora estou perto do fim, já me perdi de meu caminho antigo, não importa mais, o destino me é agradável.

Agora te encontro novamente dentro de mim, poesia, já não sou a alma esquiva vagando no meio da noite. Lúcido, percebo as estrelas quase caindo sobre minha cabeça, o tempo deslizando, me fazendo mais velho, mais calejado. Ah! Poesia, te aquieta em meu coração, ainda tenho um tempo para voar com o vento.

guerra e paz

Soldados estão sempre em guerra, não importa qual seja o inimigo. Soldados foram feitos para guerrear. Hoje o inimigo está entrincheirado naquele formigueiro na frente do pé de caqui. São as terríveis formigas-de-ferrão.

O General Menino transmitiu a mensagem; as formigas têm criado problemas na cozinha da mãe dele, atacam açucareiros e fruteiras sem dó. É preciso traçar uma estratégia. O canhão deve ser colocado atrás da lavanderia, com todo o cuidado para que as formigas batedoras não percebam a manobra.

As tropas estão posicionadas, vários batalhões entrincheirados, preparados para uma luta demorada. Os oficiais estudam modos de atacar o formigueiro, com o mínimo de perdas possível.

Solicitaram até mesmo o apoio da força aérea, capaz de bombardear o campo inimigo ininterruptamente pelo tempo necessário até que o exército consiga uma posição vantajosa.

(...uma selva imensamente grande, de um lilás intenso, compacto; o céu, de um verde interrompido por nuvens cor-de-rosa. Espingarda em punho, de repente, um leão roxo, de juba amarela, entra em cena; preparar, apontar, fogo! Depois, aquele pantanal verde, de gelatina de limão, árvores multicores, altíssimas; um rio de groselha, a ponte — do outro lado luz, muita luz. Em cima de um elefante, caçando tigres sem bengala. O maior caçador de todos os tempos....).

Um pensamento surge na mente do General. O grupamento de paraquedistas deve ser transportado para o alto da ameixeira, que fica em frente da porta da cozinha, uma posição estratégica em relação ao formigueiro. Após reunião com o Estado-Maior, percebeu-se que seria uma missão que somente o General Menino poderia cumprir a contento.

Providenciado o transporte, os paraquedistas se preparam para o ataque, enquanto o General Menino avalia se as ameixas poderiam participar do esforço de guerra, fornecendo alimento rapidamente. E como estavam doces, nesse dia épico em especial!

Em um território vizinho havia outro formigueiro, ao lado da pereira onde havia sido construída a casa na árvore. Nesse local aconteciam as principais reuniões, normalmente após as aulas. Todas as estratégias tinham sido traçadas, incluindo táticas não permitidas mais pelas convenções de Genebra.

As decisões estavam tomadas, o ataque era iminente... até o momento em que a mãe, da porta da cozinha, chama o General Menino com um grito:

— O lanche já está na mesa! Venha, que hoje tem manjar de coco!

juventude

Celso tinha treze ou catorze anos quando foi morar na cidadezinha mais próxima do sítio, era preciso estudar. Havia muitos jovens para conhecer, quem sabe uma namorada.

Os dias eram assim, aulas pela manhã, alguma tarefa para cumprir na casa dos tios, onde estava morando, depois resolver as lições da escola. Fim de tarde livre para encontrar os amigos na pracinha — e paquerar, por que não?

Assim, conheceu Elza, a primeira garota da sua vida. Sentiu uma coisa difícil de definir: amor ou paixão? O coração sempre acelerado quando ficavam próximos. Pela sua timidez, quase não falava, mas os olhares intuíam alguma coisa.

Às vezes os jovens jogavam vôlei, improvisando uma rede na cancha de areia. Normalmente eram times mistos, garotos e garotas. Nessas ocasiões, torcia para que ficassem no mesmo time, eram as oportunidades para pequenos esbarrões, toques de mão, o abraço quando marcavam o ponto.

Aquele acabou sendo o seu primeiro baile de carnaval de adulto, ou quase. Logo que chegou, ficou um tempo parado num canto do salão, observando o movimento, as músicas, as meninas dançando, odaliscas, piratas, bruxas, presidiárias. Duas garotas dançavam vestidas como havaianas, dando voltas, abraçadas; uma delas, sua amada.

Ensaiou uns passos e se colocou entre as duas, passando os braços pela cintura de cada uma, e ficou ali, dançando com as meninas mais bonitas do salão. Celso passou o restante do baile com elas, ora dançando, ora conversando, a timidez embaçada pelas cervejas.

Em certo momento, veio um homem com várias rosas em arranjos solitários, perguntando se ele queria oferecê-las às damas. Contrariado, Celso não comprou. No final do baile, quando os pais dela foram buscá-la, mal teve tempo de se despedir com um beijo no rosto.

Na noite seguinte foi até a casa dela, com uma rosa na mão, colhida pelo caminho. Elza ficou feliz. "Esta rosa merece um beijo", e o beijou no rosto. "Este beijo merece um beijo", e a beijou na boca.

Começou ali uma história de amor.

***

Celso vinha dirigindo o carro pela estrada de chão batido, cercada de pasto e alguns milharais. Tinha ido viver na capital, onde se formou e arrumou emprego. Vários anos tinham se passado, até o primo ligar para avisar que havia alguém interessado em comprar o sítio. Nunca mais tinha voltado lá.

Quando chegou, o primo disse que o casal interessado morava na cidade, teria que ir até lá. Caso desse tudo certo, no cartório assinariam os papéis. Foi até lá e encontrou a casa indicada pelo primo. Bateu palmas, e, para sua surpresa, o rosto que apareceu era aquele que via em sonhos todas as noites nos últimos trinta anos, tão linda quanto sempre fora.

ei, palhaço!

De mãos dadas com meu pai, eu ainda era criança, ia ver o circo, que renasce na lembrança. Foi-se embora a infância, o que eu queria era ver um circo de verdade, com picadeiro e qualidade. Que artista, a bilheteira era a trapezista, o mágico tinha sotaque bem germânico, o palhaço o motorista, o domador um carpinteiro, consertava o circo inteiro.

Eu corria para a arquibancada e, esperto, ficava bem na frente para ver de perto. Tinha banda tocando, vendedor com caixa de madeira, tinha pipoca, maria-mole, bala, cachorro-quente, guaraná, mariola e amendoim.

Então o mestre de cerimônias pedia silêncio e anunciava as atrações. Primeiro os malabaristas, se equilibrando com os malabares nas monocletas. Vinham então o domador e o elefante, em pé sobre um banquinho.

Entrava o mágico com seus truques, todos difíceis de repetir; em seguida, a bailarina de patim, e um sorriso para mim. Depois, que rufem os tambores, era a vez dos trapezistas, sem nenhuma rede de proteção. Quando ela saltava no vazio, um grito de espanto e o encanto, ele a apanhava no ar.

O que me encantava, no entanto, era ver o palhaço, o salto mortal, o tropeço sem juízo, que fazia feliz a todo mundo. "Olá, como vai, como vai, como vai?". "Tudo bem, tudo bem, tudo bem!" Uma piada, o riso, gargalhada, era assim que me sentia, feliz de ver como ele fazia.

O palhaço aparecia sempre entre os vários números; aprendi que era necessário para dar tempo aos artistas se prepararem. Eu entendia que aquela era a tarefa mais importante. Assim foi minha infância, cada vez que o circo chegava, eu pedia para ir só para ver o palhaço. Foi quando decidi: "Quero ser palhaço!"

***

Dia desses, quem diria, aproveitando o dia, fomos ao centro da cidade, eu e meu compadre. Tínhamos assuntos a resolver no Paço. O calçadão lotado, vendedores pra todo lado, foi quando ouvimos, sutil, uma voz infantil gritando: "Ei, palhaço!"

Nós nos voltamos para olhar, era um menino e seu pai. De fato, estávamos vestidos de palhaço. Roupas coloridas e chamativas, sapatos com biqueira beeeeeem comprida, chapéu de pala, cada um com uma mala. O compadre, bem faceiro, carregava um cabideiro. Ao ouvir o "Ei, palhaço!", olhamos para eles e sorrimos: "Sim, Palhaço profissional", e o compadre: "Palhaço de carteirinha".

O menino, sorridente: "Ainda bem, eu estava em dúvida". E começamos a rir com vontade: "Como foi seu ano?". E o menino: "Foi ótimo, de verdade!" O pai também quis saber, e eu, com naturalidade: "Vai ser, vai ser!" Desejamos felicidade uns aos outros e nos despedimos. Continuamos nossa andança, plena de esperança. Lá adiante, a criança, de mãos dadas com seu pai.

uma noite na mata

Final de tarde. Dezenas de colibris a cheirar tantas flores no imenso campo soalheiro, amarelo, de vivazes girassóis. Como bússolas, buscam sempre a luz do Sol, do mesmo dourado.

Início de noite. Esgarçando o branco das nuvens, o rubro anelado do Sol roça a superfície da água, como uma carícia. A passarada faz a despedida do dia, voejando como riscos no azul. Os bichos da mata recolhem as crias em suas tocas, enquanto os de hábitos noturnos ficam a espreitar, confiando na escuridão.

Do azul se faz o cinza e vem a chuva, garoa no início, depois verdadeiro temporal. Clarão de raios no meio da escuridão, estrondos, gotas de chuva que martelam o chão, como chumbo. Os animais tentam se proteger como podem, enquanto água e trovão ribombam noite adentro.

Os passarinhos, que até um pouco antes revoluteavam na amplidão azul, agora se encolhem nos galhos das árvores, tentando se proteger da água que cai. Os filhotes se escondem debaixo de suas mães, com mais medo do barulho que do líquido transparente que encharca tudo. Mais tarde, o ritmo dos raios vai ficando menor, trovões mais ao longe, quase inaudíveis.

Até que a tormenta sossega e recolhe seu manto transparente, envolta em véu gris. Gotas de chuva caem na água e prosseguem, brilhantes, tão preciosas. A calmaria faz sossegar o coração da bicharada. Permanece apenas o cinza da noite e a Lua anelada. Os ruídos na mata voltam, coruja, dorminhoco, morcego, sapo, onça-pintada, lobo-guará.

Pela manhã, o Sol alumia o silvedo, cheiro de chuva no chão. Começa a cantoria na mata, qual serelepe, quati, preguiça, maritaca, gavião, andorinha. Ali na lagoa, o marreco, o cisne e o pato, o jacaré num cantinho, só olhando, e o sapo, encarapitado sobre uma pedra.

Surgem novamente os colibris para cheirar as flores, muito orvalho, pétalas molhadas, girassol sem bússola até nascer o Sol, no início da manhã.

Boca Maldita

A Boca Maldita de Curitiba é nacionalmente conhecida. É onde se lançam ideias, se confessam traições, praticadas ou sofridas, além de ser o centro para reuniões sociais e culturais. Um reduto prioritariamente masculino, tribuna livre para quaisquer comentários ou críticas, onde todo mundo passa, seja para um cafezinho, para um bate-papo.

Armando era ourives. Trabalhou uma vida fazendo joias e anéis, usando sua criatividade para transformar materiais em peças de ornamento pessoal, moldando artisticamente ouro, prata, platina. Os amigos, uns pediam para ele fazer anéis de formatura para as filhas, outros, para as amantes; houve até mesmo um tempo em que produzia muitos anéis de noivado, de profissões, alguns de memórias afetivas.

Aposentara-se recentemente, devido à silicose. Como havia acumulado algum dinheiro durante a vida, pôde se dar ao luxo de não fazer nada. Mora há muitos anos no edifício Tijucas, ali no meio da Boca. Dedica algumas horas do dia aos ensaios de piano, junto com a esposa, que canta no Madrigal. Já tivera animais de estimação, cães, gatos e até mesmo coelhos. Não queria mais se apegar.

Depois desses ensaios, vai para a rua encontrar os amigos, quase todos aposentados. Além das gozações habituais sobre os times de futebol, o que mais fazem é falar da vida alheia, desde os políticos locais, todos frequentadores do calçadão, artistas da televisão, jornalistas e militares, em um tempo em que não se faz mais isso.

Muitos desses amigos não têm outra coisa a fazer, a não ser gastar o tempo ali, com o cafezinho, o cigarro e um ou outro copo da malvada. Conhece todos eles, sabe de suas aflições, seus gostos e desgostos, até mesmo onde dói o calo. Gosta dessa camaradagem, de se sentir útil. Essa é a verdadeira Boca Maldita, não aquela de confraria, fabricada nos salões, pródiga em comendas e salamaleques.

As pessoas que costumam transitar por ali também são suas conhecidas. Tem os engraxates, o cantor com seu violão, a vendedora de bilhetes de loteria, o poeta marginal tentando vender seus poemas para as moças, o religioso com sua pregação, o apontador do jogo do bicho, o mímico e até mesmo os meros ladrões, que se aproveitam para desfalcar os desavisados de suas carteiras.

Por isso mesmo, naquele dia, Armando percebeu algo fora do usual. Na esquina onde fica o Bondinho encontrava-se um homem, deitado no chão, mão estendida, em uma ladainha ininteligível. As pessoas passavam quase sem olhar, algumas jogavam algum dinheiro no chão, próximo a ele, outras resmungavam alguma censura, sequer o observando com o mínimo de atenção.

Para essas pessoas, não importava o que era dito pelo homem, apenas aquilo que a mente, automaticamente, reconhecia; "Era mais um pedinte, afinal." "Um bêbado, talvez!" O gerente de uma lanchonete chegou a deixar ao lado do rapaz, praticamente jogando, uma marmita com aquele sanduíche famoso. Por uma ou duas horas isso foi observado, mas o homem não parava nunca de falar.

Armando procurou se distrair com a conversa da roda de amigos, sem deixar de observar o homem com sua cantilena, sempre naquela posição. Aquilo o incomodava, não pelos motivos das outras pessoas, mas, no seu íntimo, algo não estava certo, não encaixava. Ele percebia a atitude leviana dos outros, que passavam e mal davam atenção à situação do rapaz. A desigualdade social era como um câncer, corroendo o tecido social. As seguidas administrações municipais não foram capazes de minorar o problema.

Os companheiros continuavam conversando, no entanto, Armando não os ouvia mais, indignado com o descaso. Até que, incomodado, se aproximou para tentar ouvir o que ele dizia. Olhou em seus olhos: "O que se passa, rapaz?". E a súplica, em uma voz um tanto fanha: “Me ajude a levantar. Eu caí e não consigo me alevantar, as muletas estão ali.”

nunca mais

"Antes cair das nuvens que de um terceiro andar."
— Machado de Assis

"Nunca mais!" Foi o que eu disse a ela naquela oportunidade. As palavras soam agora como ecos de um tempo distante.

Eu me vejo naquela mesa, sou eu e já não sou. Estou sentado há algum tempo, à espera de alguém. Sou o homem do lado de fora olhando para dentro. Me viro para falar, mas estou sozinho.

Lembro-me de um dia antes de hoje. Nos conhecemos em uma época de sonhos e fantasias. Nós éramos tão ciosos quanto ninguém era. Ela olhava meus olhos acordados, como quem olha pela janela na parede, e ninguém me fez fechar os olhos. Contudo, não passou de ilusão.

Abrimos muitas garrafas de vinho, vertendo em nossas taças, mas agora é taça que leva outro vinho. Ela zombou de meu afeto, me fez subir ao céu, só queria ver minha queda. Paradoxalmente, achei melhor me ferir de amor do que morrer. Agi como um cego que tudo enxerga, menos o que deveria ver.

Cada um seguiu por um caminho. O mundo não é perfeito, nem todos são felizes fazendo aquilo que supostamente deveriam ser. Percebi que não era rico. Sabia transformar o chumbo em ouro, ainda assim, chumbo é chumbo. Mesmo tendo acumulado dinheiro, eu achava que não tinha o bastante, mas tinha mais do que precisava ter.

Enquanto espero, procuro encontrar as palavras certas para dizer-lhe adeus, no entanto, são apenas mentiras sinceras. Sinto um vento frio soprando em minha alma. Agora sou o homem de dentro olhando para fora.

Eu a vejo ali na esquina, parece estar indecisa, não sabe se vem até mim ou se vai embora novamente, desta vez para nunca mais.

minha praia

As ondas molham a areia da minha praia, molham e modificam, grão após grão, conforme a maré. As ondas vêm e destroem os castelos que não construí. Os ventos sopram mais, fazendo as ondas crescerem, invadirem minha praia, e destroem os castelos que não construí.

As ondas molham a areia da minha praia, apagam as pegadas que ainda não marcaram a orla. Os ventos anovelam os cabelos dos filhos que ainda não tenho. A teia do amor é tecida, mas a teia também tece o véu do esquecimento, não sei se já amei ou se ainda não o conheci.

As ondas molham a areia da minha praia, molham e desmancham os desenhos que não rabisquei. Na areia da praia escrevi um poema que aprendi. Depois pensei, que poema é esse que esqueci?

As ondas molham a areia da minha praia, fazem espuma e voltam ao mar. Dissolvem-se ao sol, espalham a escuma sobre as conchas da coleção que ainda não tenho. As memórias que já esqueci trazem o cheiro da infância, uma saudade muito grande, imensa, de um tempo que não vivi.

As ondas molham a areia da minha praia, sempre no início da noite, mas também no início da manhã, um ciclo que se repete todos os dias. No começo da noite o Sol se apaga no mar, e vem a Lua alumiar a noite que ainda não vi.

As ondas molham a areia da minha praia, num murmurinho que vem do mar. O céu à noite é um imenso lugar silencioso, emudeci. Sinto medo quando acordo no meio da noite. Tudo não passa de pesadelo, de manhã, já alvoreci.

As ondas molham a areia da minha praia, no entanto, vejo agora, essa não é a minha praia. Acho que já não estou aqui.

nomes de cachorros

Antigamente os cães tinham nomes mais "caninos", como Bobby, Rex, Sabá, Chester, Marrom, Rei, Dino, Branca, Preto, Negão, Tião, Benedita, Bronco, Pirata, Átila, Nero, Tupi ou Peri. Meu primeiro cachorro nem era meu; era o Rex, um poodle de porte médio que minha irmã ganhou do namorado da outra irmã. Mas, para as grandes aventuras e peraltices éramos eu e ele. Nós morávamos na Rua Dr. Pedrosa, 140, uma casa grande e antiga, com um quintal enorme.

Uma vez o Rex sumiu, era carnaval; só foi aparecer de novo na Quarta-Feira de Cinzas, faceiro e lampeiro. Tempos depois, eu estava passeando com ele próximo ao quartel dos bombeiros, na rua Nunes Machado, quando, em frente a uma das casas próximas da esquina com a Dr. Pedrosa, uma senhora me abordou: "Esse cachorro é seu?" Respondi "Sim, é meu, por quê?", e ela: "Espere aqui um pouquinho".

Voltou com dois filhotes, eram a cara do Rex. Pedi a ela para me emprestar um pouco os filhotes, e fui mostrá-los para minha mãe, dizendo: "Já sei onde o Rex passou o carnaval!!!"

Hoje em dia os nomes são outros. Temos a Nina em casa, já conheci outras Ninas; tem o Jimmy, que gosta da Nina, mas ela não dá bola; tem a Lysbel, o Marlboro, Snoopy, Ravel, Puca, Nicolau, Napoleão, Duda, Pandora, Maçã, Mabel, Chanel, Fredo, Eike, a Bambina, que vem aqui em casa "brincar" com a Nina, Lady Madonna, Penny Lane, Lucy, Lara, Juma; Mel, então, tem de monte. Já vi também Café, Nescau, Brahma, Whisky. Talvez eu batizasse algum com o nome Malbec, ou Barbera, Merlot, sei lá. Não arriscaria Gewürztraminer, difícil de escrever e até mesmo de falar. Dia desses conheci o Sushi; mas quando conheci o Gohan pensei: "Assim já é demais!"

o prêmio

Os cães antigamente moravam no quintal. Tinham suas casinhas, às vezes ficavam presos, e outras ficavam soltos. Comiam basicamente os restos da nossa comida, misturados com uma polenta bem rústica. Banho? Tomavam de vez em quando e olha lá! Iam ao veterinário apenas em último caso. Na casa da Dr. Pedrosa tínhamos o Bobby, um pastor alemão, que ficava preso durante o dia e era solto à noite para guardar a casa. Quando começou a dar suas escapadas, passou a ficar mais tempo preso, mesmo depois que tivemos o Rex.

Não esqueço o dia em que o Bobby morreu. Era início de noite, chovia muito e, observando da janela, o vi deitado, imóvel em frente à casinha. Nós o enterramos em nosso quintal mesmo. Tivemos outros cães, um deles foi roubado, outros foram doados a outras pessoas quando nos mudamos para o apartamento da

Erasto, pois, na época, não eram permitidos cães. Ainda fui visitar o Rex uma última vez, na casa de sua nova família.

Hoje, moram dentro de nossas casas, e muitas vezes são filhos que temos, tratados como tal. Sua comida é ração de qualidade, adequada aos tamanhos e idades, ou a condições de obesidade, doenças ou outras peculiaridades. Qualquer coisinha, e são levados ao veterinário. Tomam banho a cada quinze dias, perfumados, tosados e penteados. São menores, levados no colo, se for necessário, ou mesmo se não for. Dormem praticamente a nossos pés, nos nossos quartos; se deixarmos, até mesmo em nossas camas.

A Nina não era muito diferente. Além da ração, comia mamão, banana, maçã, pera, caqui, cenoura, pedacinhos de frango, entre outras guloseimas; passou por vários tipos de ração, adequadas a cada uma de suas fases, de filhote a adulta, de levemente obesa a especiais para deficiência renal.

Quando era pequena, a treinamos para que fizesse as necessidades sempre no mesmo lugar, sobre folhas de jornal, num canto da área de serviço. Quando acertava, especialmente o número 2, ganhava um ossinho tipo chiclete, que ela adorava, então o carregava para o tapete da sala e ficava brincando um bom tempo, antes de comê-lo. Depois que aprendeu, não teve jeito, tivemos que continuar a premiá-la, às vezes até mesmo quando dava uma erradinha e fazia no piso, ao lado do jornal.

Recentemente nosso apartamento passou por reforma e a rotina da Nina mudou por causa dos transtornos da obra, pois permanecemos em casa; até tentamos fazer com que ela continuasse a usar o jornal, colocado em outro canto da casa, mas não teve jeito. Só fazia as necessidades quando saíamos para passear. Assim, nos obrigamos a levá-la mais vezes, tanto para o número 1 quanto para o número 2, fosse com tempo bom, com frio ou chuva, de dia ou à noite. Não teve jeito. Quando acabou a reforma, restauramos o cantinho dela e tínhamos muita expectativa para que voltasse à rotina anterior. Testamos vários tipos de forro, o velho jornal, graminha artificial e, ao final, um tapete tipo fralda. Ela demorou a acostumar, de tal modo que ficamos preocupados. Finalmente, a Nina começou a fazer no tal tapete, e adivinhe a primeira coisa que ela "pediu"? Pois é, queria seu prêmio por fazer a coisa certa.

eu, panda

Estou sentado aqui há algum tempo, à espera de alguém que foi especial um dia. Nos conhecemos na faculdade, tempo de sonhos e fantasias. Tudo não passou de utopia, éramos tão ciosos quanto ninguém era.

***

Havia uma discoteca famosa na cidade. Decoração luxuosa, um estonteante jogo de luzes e uma pista de dança bem legal, com um enorme globo espelhado no teto e, principalmente, uma sonorização excelente, com aquela batida dançante. Jogos de pôquer aconteciam num salão atrás do prédio principal, organizados pelo Leão.

Um dia, porque Elvis não morreu, fizeram uma noite temática na boate. Antes de me divertir, fui até os fundos para o jogo tradicional. Na rodada decisiva, a Cobra segurava as cartas com braços que não tinha, olhando para os lados com cara de malvada. No final, o Pato foi depenado, perdeu um dinheiro que só seu pai poderia compensar (veja, no primeiro comentário, a descrição detalhada dessa rodada).

Acabei fazendo um porre bebendo hi-fi. Uma das últimas coisas que me lembro é que eu estava dançando com a Tigresa. Lembro também que, na saída da boate, a Tigresa me disse, maldosamente, que o Jaguar tinha mexido com ela. Agi como um cego que tudo enxerga, menos o que deveria ver. Fui atrás do animal, louco para usar os golpes de kung fu que aprendera. O Jaguar, cinicamente, disse que tinha sido o irmão gêmeo dele, e não ele. Bêbado que eu estava, bati nos dois.

Após a formatura, cada um seguiu por um caminho, ela em busca de seu ideal; eu, que precisava sobreviver nessa selva, fui atrás de trabalho. O mundo não é perfeito, nem todos são felizes fazendo aquilo que supostamente deveria ser. No final, percebi que não era rico. Mesmo tendo acumulado muito dinheiro, eu achava que não tinha o bastante, mas tinha mais do que precisava ter.

***

Estou sentado aqui há algum tempo, o auditório já está cheio. Há um murmurinho tão ensurdecedor quanto praticamente inaudível. Olho em volta, quase todos estão presentes, sinal de que o Pato não tinha esquecido ninguém, após tantos anos sem nos vermos. O Leão tinha morrido em um desastre aéreo com seu jatinho, dizem que a amante estava junto. A Cobra era avó de trigêmeos. O Orangotango tinha passado anos no Nepal, meditando. Vejo a Tigresa chegar com o marido, o Jaguar; confesso ter ficado um pouco incomodado.

Estávamos todos ali, era a cerimônia de posse do Pato como presidente do Tribunal de Contas. Seu discurso cheio de pompa foi muito aplaudido. No coquetel servido na sequência, me aproximo, emocionado, ensaiando as palavras certas para os cumprimentos, estendo a mão, o Pato olha para mim e:

"Porra, Panda! Vê se não toma outro porre de hi-fi!"

retroprojetor

Eu queria poder ser parte da tua vida; queria poder ter certeza de que te desejo, mas não sei se te retenho em minha memória. Não queria ver meus olhos fugirem da tua imagem, não queria ter-te como miragem, porém, não encontro meios de varar esta noite.

Queria ter a coragem para encontrar teu amor, quando meus olhos fechasse à procura de ti. Agora fico a te procurar dentro de mim e, embora lúcido, só me fazes lembrar o tom da dor do amor; sento-me no meio da vida a pensar: não te quero presa ao meu medo, mas jamais esqueço teu jeito de te abandonares em meu peito.

Agora tenho todo o tempo que não tinha. Coloco na memória os slides dos dias de trabalho. O carrossel não para. Imagens das jornadas passam em flashes a cada diapositivo mental: reuniões, telefonemas, projetos, tarefas longínquas. Fico imaginando passar o dedo no controle do projetor. Viagens, ausências, hiatos na minha vida. E o carrossel passa por uma guia vazia aqui, outra ali. Nessa hora fica somente a luz, iluminando pinturas na parede atrás de cada ilusão.

Tempestade lá fora, os pingos de chuva nervosos batendo no vidro da janela. Uma urgência de fugir dos estrondos dos trovões — uns bem perto, gritando comigo; outros ao longe, só a me fazer lembrar na mesma cadência do barulho da chuva. E os raios se somam aos flashes dos slides ausentes, querendo me dizer que não vivi o suficiente, que faltei comigo mesmo tantas vezes.

Não queria estar aqui quando o mundo caísse em cima de mim, o coração dilacerado pela ilusão, os olhos se fechando, tentando lembrar. Guardo as lembranças e as relembro com nostalgia. Preciso encontrar meu tempo, parar em algum lugar, sentir o sossego de poder dormir e acordar.

Pego uma caneta para anotar algo. Tem papel na gaveta de baixo. Ali ao lado repousam esquecidos os poemas da juventude, quando os sonhos eram mais fortes. Tomo uma poesia em especial, leio cada palavra, cada frase. Como se fosse jovem novamente, vem o desejo de poder vadiar por aí com meus versos. Aqui e ali faço reparos. A vida me ensinou com o sofrimento mais do que supunha minha juventude.

Tendo a concordar com o que está escrito no papel amarelado, que percebo ser também o amarelo da pele das minhas mãos, manchadas e enrugadas. Uma frase me incomoda e, com a solidão que me acompanha, mentalmente a reescrevo:

"Jamais esqueço meu medo de me abandonar em teu peito."

lista aleatória

1 — Eu não sou teimoso. Teimoso é quem teima comigo. Não entendo o porquê da teimosia dos outros, pois eu sempre tenho razão. Se fosse o caso de não ter razão, eu daria o braço a torcer, sem nenhum empecimento. Vide o item seguinte desta lista.

2 — Reconhecer que cometi um erro não é problema. No dia em que isso acontecer, vou aceitar numa boa. Sou uma pessoa razoável, tenho bom raciocínio, posso perfeitamente reconhecer quando errar. Não é porque sou do signo de Virgem que eu agiria de outro modo.

3 — Quando garoto, participava dos desfiles escolares. Eu era o único que marchava direito. Não compreendia por que todos os outros marchavam errado. Além do mais, sou canhoto, e sei bem a diferença entre esquerda e direita, até mesmo politicamente.

Aparentemente, nos dias de hoje, os extremos se aproximam, talvez até passem a marchar em compasso.

4 — Quanto é meia dúzia e meia? Juro que não sei a resposta, nem o propósito da pergunta!

5 — Se eu limpar a boca com um guardanapo e não o fizer corretamente, quer dizer que fiz algo meia boca? Ou seja, às pressas, sem nenhum cuidado, displicentemente, incompletamente?

6 — "O certo é certo, mesmo que poucos o façam. O errado é errado, mesmo que muitos o façam." Isso teria sido escrito por G. K. Chesterton, mas não sei se está certo ou errado que ele tenha escrito. Gosto dessa outra citação dele: "O mundo está dividido entre conservadores e progressistas. O negócio dos progressistas é continuar cometendo erros. O negócio dos conservadores é evitar que erros sejam corrigidos."

7 — "Possuímos apenas uma parte da verdade e do bem." Isso é inteiramente verdadeiro. Atualmente, tudo é dicotômico, ou você detém a verdade e o bem, ou é mentiroso, do mal. Não há espaço para diálogo, para o entendimento, só animosidade, no sentido de rancor, ressentimento. Relações sociais ou familiares ficam abaladas, porque não há ânimo para convergir.

8 — Algumas vezes bebemos o veneno na esperança de que o outro morra. Não importa se foi escrito por Shakespeare, Santo Agostinho, Buda ou quem seja. É exatamente o que ocorre quando nos deparamos com a dor e o ressentimento por pessoas e situações

do passado. Acabamos alimentando esse ressentimento, não deixando espaço para vivermos nossa vida.

9 — "Devemos fazer aos outros apenas aquilo que gostaríamos que os outros fizessem conosco." Essa é, para mim, a questão primordial, o imperativo categórico de Kant, também presente nos ensinamentos de várias religiões. "Quem estiver livre do pecado, que atire a primeira pedra", ou ainda, "respeitarás o próximo como a ti mesmo". Nós somente evoluímos como pessoas à medida que agimos com correção, da mesma maneira que gostaríamos que agissem conosco.

10 — Tinha mais uma coisa pra dizer, mas esqueci.

filosofando

"Não entendo essa referência que você sempre faz a Schopenhauer; se esse é o seu estado de espírito e, como ele, acha que sua existência é um eterno sofrimento, infelizmente não tenho como opinar."

As pessoas muitas vezes têm uma relação de amor e ódio com os corretores ortográficos dos celulares; sentem mais ódio do que amor, às vezes.

Confesso que estava acostumado com o corretor do celular antigo. Ele tinha aprendido minhas manhas, as suas sugestões de palavras eram quase sempre corretas. Claro, às vezes fazia bobagens, sugestões sem sentido, uma ou outra palavra ou frase constrangedora.

O importante era eu dar uma olhada mais detida na frase escrita antes de enviar, ou então me sujeitava a escrever novamente a palavra correta, com um asterisco indicando a necessidade de substituição.

Esse relacionamento corria relativamente bem, até que ganhei um celular novo, presente de Natal adiantado, pois o celular antigo já estava senil e dava sinais de que a morte era iminente, sempre com falta de memória, esquecendo as coisas. E eu tinha que, quase diariamente, fazer uma limpeza de imagens, vídeos e áudios. Vários foram os aplicativos que tive que desinstalar. Eu realmente precisava de um aparelho novo.

Devido às facilidades que um aparelho do mesmo fabricante oferecia, foi relativamente fácil fazer a transição. E, na biblioteca de aplicativos da loja, estavam lá todos aqueles que eu havia desinstalado, apenas esperando que eu os reinstalasse, até mesmo os que eu tinha desinstalado muito tempo atrás. Algumas coisas estavam armazenadas na "nuvem", e lá permanecem; os backups todos realizados, bastava apenas eu me familiarizar com as modernidades do aparelho novo.

Uma coisa me chamou a atenção, entretanto; foi a maneira como o corretor passou a se comportar. Quase tudo que eu digitava, ele fornecia uma sugestão estranha, muitas delas diferentes daquilo a que eu estava acostumado. Então me dei conta de que aquele não era o corretor que eu já conhecia, que sabia de minhas manhas e tal. Como toda inteligência artificial, ainda estava engatinhando, possuía um bom banco de palavras, mas desconhecia totalmente meu estilo.

Passei a ter com ele um cuidado especial, pois muitas das sugestões de correção eram até mesmo estapafúrdias. Devo reconhecer que, digitando, os dedos muitas vezes alcançavam a tecla ao lado, ou acima, mudando as letras que queríamos ver digitadas, e isso deixava o corretor mais confuso ainda.

Eu havia subestimado o corretor. Foi quando, em um comentário que ia fazer na postagem de um amigo, percebi que o corretor substituiu uma palavra, e citou Schopenhauer. Distingui antes de concluir, mas resolvi brincar com meu amigo, mantendo a "citação", com uma observação ao final. Ele entrou na brincadeira, respondendo que "citar Schopenhauer nesse contexto significa que seu corretor de texto é de uma cultura *'felomenal'!*"

Depois desse episódio, passei a prestar mais atenção às construções que o corretor fazia e percebi que, algumas vezes, as sugestões de palavras eram de cunho filosófico ou analítico. Até mesmo Kant surgiu, mas eu mesmo citava Kant, notadamente a questão moral: "Faça aos outros aquilo que quer que façam a você."

Agora, me pego a dialogar com ele. Algumas questões são opiniões filosóficas, mas a maior parte delas é de cunho humorístico, como se o filósofo fosse, ao mesmo tempo, um comediante de "stand up" que não fica em pé no palco, mas escondido no teclado.

batalhas 2

Sobre todas as coisas, a criança já não está triste. Seus olhos não veem o passado, mas o futuro. Não tem mais o que perder, pode recomeçar sem receios. Nada de angústia, pensa se pode um dia vir a amar. Não tem mais sede de rir, nem vontade de sumir, sente-se liberada do dever de servir, da necessidade de ir.

Já consegue se esquecer dela mesma. O rosto suave, sem maquiagem. A candura que emana a liberta e aprisiona o tempo. Já não engole a fumaça que a matava aos poucos. Traz os olhos cheios de esperança, a cabeça parece estar como a explodir, a cada dia e sempre mais. Ainda não tem amor, há tempos já não alimenta a dor.

Pensa em tudo o que já houve e ficou na mente. Não se alegra demais, porém não se entristece pela ausência de decisão no passado. Talvez o futuro a encontre na mesma imagem, que não disfarça a verdade de cada mentira. Não quer ter que parar, agora vê ânimo para voltar a lutar. Já perdeu seus medos, quer ousadias.

Agora está completamente parada, um vento agradável no rosto. E tudo no dia se resume ao batimento do sim e do não, do crie e destrua, da dor e do prazer, do aqui e agora, do inspire e expire, do viva e morra de cada dia. As coisas sem sentido que fazia, agora liberta da prisão feita de ilusão.

Quer ir em frente com a sua alegria, livre de dúvidas, aquelas dívidas do dia a dia. Já pode correr, brincar, voar, viver. O que faz a aproxima disso. Goza em silêncio, alguma lágrima consegue verter. Ninguém mais a questiona, querendo saber sem razão tanta coisa, ela bem sabe! Agora tem lembranças, não apenas uma colagem de fotos amareladas, desfocadas.

E como não há mais dor, também não se importa que a morte exista. Não há opressão, não acha necessário chorar pela ausência de amor, e como não há mais dor, não se abstém de pensar. O coração, antes dilacerado pela ilusão que sufocava sua alma, um cansaço de vida, agora não se cala, não quer evitar o grito que anuncie ao mundo a sua alegria.

o chamado do mar

Quando chegava a noite não tinha muito o que fazer. Depois da comida feita sem prazer, mastigada sem apreciar, a louça lavada ficava pingando, num canto da pia. Uma talagada de cachaça, não havia mais sentido em fazer orações. Apagava a vela, já deitado no catre, fechava os olhos e tentava dormir.

Não existia mais quem o aninhasse nos braços e fizesse um cafuné gostoso, daqueles que queimam como a malvada. Rolava de um lado para o outro, carente daquele calor que entorpecia. Afinal, vencido pelo barulho do mar, dormia um sono agitado.

Aos poucos, ouvia a voz ao longe, um sussurro quase inaudível. Depois aumentava, arfante, chamando por ele. No meio do sonho, não sabia se acordava para não ouvir mais, ou se não acordava e ouvia mais. O som era quase um grito, era a maré que enchia, pensava ele, e não abria os olhos.

Escutava sua amada chamando, distante. Sonâmbulo, se levantava, abria a porta e caminhava descalço em direção à areia da praia. A água molhava seus pés, no entanto, sentia as mãos de sua eleita que os acariciava, aos poucos subindo pelas pernas.

Nessa hora acordava, assustado ao ver onde estava. Voltava desalentado para casa, mas não conseguia mais dormir. Os dias se sucediam, sempre a mesma rotina. Uma noite não acordou mais e se foi, mar adentro, sentindo-se abraçado por ela, um manto de espuma brilhando sob a Lua.

ausência 2

O relógio na parede marcava dez horas da noite. Ele se levantava da poltrona e dirigia-se até a cozinha, onde a taça permanecia para lavar em cima da pia. Uma taça de vinho e algumas bruschettas, que ele mesmo fazia, eram seu único luxo. Depois de servir a taça, voltava para a poltrona da sala e ficava bebericando o vinho.

A lida de messalina era sufocante, e a compelia a se prostituir sem quase pensar. Acordava sempre pelo meio da manhã, o barulho no bordel começava cedo, então tomava um café reforçado, com pão na chapa e ovo frito, praticamente a única coisa que podia pagar. O relógio da parede marcava dez horas da manhã. Ia até o salão, cumprimentava a cafetina do lugar que, depois de poucos anos, conhecia bem sua rotina.

Permanecia muito tempo ali, seu olhar sempre encontrava o relógio na parede, ficava a observar o lento arrastar dos ponteiros, a cabeça quase livre de pensamentos. Doía pensar, doía também lembrar; nada mais importava, era suficiente respirar. Inútil tentar mudar a direção dos olhos, o horizonte era o mesmo, fazendo dolorosa a hora de dormir. Os olhos se fechavam, sua imagem refletida no espelho da cômoda. Dormia até o amanhecer.

Fazia seus programas sem parar, até às duas da manhã, quando então saía para a segunda refeição do dia. Repetia o mesmo prato sempre que ia até o refeitório, arroz, feijão e a mistura, com um copo de suco. Depois, arriscava uma partida de general, no cassino clandestino do lugar; nessa hora conversava um pouco. Tinha medo de se calar, porque o silêncio implicava ausência. Voltava para o quarto do lupanar e dormia até o amanhecer.

Os dias seguiam assim, sem nenhuma disposição ou entusiasmo. Mantinha a casa arrumada, não recebia visitas, não conversava com ninguém, a família ou amigos. Apenas repetia a rotina que conhecia bem, depois de poucos anos. Aos domingos ainda ia à igreja se confessar, nessa hora conversava um pouco. Tinha medo de se calar, porque também ali o silêncio implicava ausência.

Percebeu que a vida não lhe trouxera as respostas que ansiava. Arrumou as poucas coisas que tinha e se foi, sem ao menos voltar ao bordel. Pensou, pela primeira vez, na vida que tinha abandonado. Lobrigou ter agido intempestivamente naquela ocasião. Nesse momento sentiu falta da época antiga. Tomou o ônibus para sua cidade e partiu, a cabeça cheia de pensamentos. Nada mais importava, mas doía pensar, doía também lembrar.

Sentado na poltrona da sala, ficou a chupitar o vinho de todas as noites. Permaneceu muito tempo ali, a cabeça livre de pensamentos. Ouviu barulho no hall de entrada, então a porta se abriu e ela ficou ali parada, quase à espera de um convite para entrar. Ele se levantou da poltrona e a recebeu, pegando a pequena valise de suas mãos e depositando junto ao cabideiro. O relógio na parede marcava dez horas da noite.

imolação

Trago os olhos cheios de fumaça, não vejo o que o espelho mostra, mas sei da minha ruína. Tenho marcas pelo rosto, por tudo o que sofri. Apago a luz para não tentar ver o espelho, no escuro, só a brasa do cigarro ilumina, e a respiração pouca, pego o copo de uísque barato na mesinha onde tem o teu retrato, o vidro quebrado das vezes em que foi ao chão.

Não penso mais, só tento respirar, e tomo mais um gole do copo, que cai ao chão e se quebra, junto com meu coração. Mas cadê a coragem de parar, quero expressamente deixar a dor passar. Te quero aqui também, não sei esperar, o que te fiz aconteceu, não posso apagar. E, no silêncio deste quarto que já não é teu, choro por não poder ter-te junto a mim.

O dia amanhece com o sol queimando, me faz lembrar que já é tarde, tarde para tudo o que pensava ser a minha vida. A cama queima meu corpo como o sol, pira onde arde esse fogo. Tenho medo de acordar e ver que o fogo é real.

o gato e o passarinho

Todos os dias o menino se sentava à mesa e, enquanto comia a mistura de frutas e cereais que a mãe lhe servia, com um copo de suco, ficava observando através da janela um pássaro, que chegava sempre no mesmo horário e comia no prato que a mãe do menino preparava, com sementes, frutas e, num potinho, um pouco de água. Antes de ir embora, o pássaro cantava bonito, parecia estar agradecido e satisfeito com a comida.

A mãe apreciava ver o filho sentado à mesa, mais entretido em olhar o pássaro do que comer o seu desjejum. E observava também o pássaro, que chegava sempre receoso, olhando para todos os lados, um pouco assustado, mas que depois se servia da água e das sementes e frutas. Ela ficava algum tempo assim, contemplativa. O canto do pássaro encantava a mãe, ela mesma música amadora.

O pássaro observava o menino, enquanto bebia e comia nos pratinhos que a mãe deixava perto da janela. No começo, chegava receoso, depois, mais confiante, se punha a matar a fome e a sede. Enquanto comia, ficava olhando furtivamente o menino, quase como se entendesse o que se passava do outro lado da janela. Antes de ir embora, cantava um pouco, agradecido e satisfeito com a comida.

Ocorre que, um dia, o pássaro não apareceu, e o menino e sua mãe ficaram preocupados. Dia após dia, esperavam que ele voltasse, a mãe sempre trocava as sementes e a água dos pratinhos que ficavam próximo da janela. Sentiam falta de ver a suavidade do pássaro enquanto comia, e também do seu canto, que era sempre tão bonito. Ela afinal se deu conta de que o vizinho tinha arrumado um gato.

Passadas algumas semanas, o pássaro reapareceu para cumprir o ritual diário de comer as sementes que a mãe, teimosamente, ainda deixava na beirada da janela. E trouxe com ele seu filhote, que ainda voava meio inseguro. O menino e a mãe não cabiam em si de contentamento. Era muito lindo ver os dois pássaros juntos, comendo e bebendo tão sossegadamente.

O gato? Ah, o gato só comia ração!

retroprojetor 2

Eu queria não fazer mais parte da tua vida, poder ter certeza de que não te desejo. Não sei se consigo te apagar de minha memória. Queria ver meus olhos fugirem da tua imagem. Pensava poder encontrar meios de varar esta noite, ter-te só como uma miragem.

Queria ter a coragem para esquecer teu amor, quando, buscando evitar-te, meus olhos fechasse. Já não fico a te procurar dentro de mim; desatinado, não me lembro mais qual é o tom da dor do amor. Sento-me no meio da vida a pensar, não te quero presa ao meu medo, esqueci teu medo de te abandonares em meu peito.

Não tenho o tempo que eu tinha antes. Preciso tirar da memória os slides dos dias de trabalho, então o carrossel para. A imagem de uma das jornadas pisca como um flash naquele diapositivo mental. Apago da memória reuniões, telefonemas, projetos, tarefas longínquas, enquanto passo o dedo no controle do projetor. Viagens, ausências, hiatos na minha vida, tudo se esvaindo na mente. E o carrossel parado em uma guia vazia. Desligo, não quero que, nessa hora, fique a luz para iluminar pinturas na parede atrás de cada ilusão.

A tempestade lá fora passou, os pingos que sobraram da chuva batem suaves no vidro da janela, não há urgência de fugir dos trovões, que se aquietaram, e me fazem esquecer, na mesma cadência do barulho da chuva. Não há mais raios, nem os flashes dos slides ausentes, que me dizem que não vivi o suficiente, que faltei comigo mesmo tantas vezes.

Queria permanecer aqui, ainda que o mundo caísse em cima de mim, o coração tranquilizado pela ausência de ilusão, os olhos se fechando, tentando esquecer. Desguardo as lembranças, olvidando-as sem nostalgia. Encontrei meu tempo, parado em algum lugar, o sossego de poder dormir e acordar.

Depois de anotar algo no papel, guardo a caneta na gaveta de baixo, na mesa do escritório, ao lado de onde repousam, já não esquecidos, os poemas da juventude, quando os sonhos eram mais fortes. Guardo também aquele poema em especial. Depois de ler cada palavra, cada frase, vejo como o tempo passou, não posso ser jovem novamente, no entanto, permanece o desejo de vadiar por aí com meus versos. Não faço reparos, a vida me ensinou com o sofrimento mais do que supunha minha juventude.

Discordo do que está escrito no papel amarelado, que percebo ser também o amarelo da pele das minhas mãos, manchadas e enrugadas. Aquela frase já não me incomoda, nem mesmo a solidão que me acompanha:

"Jamais esqueço teu medo de te abandonares em meu peito."

Ainda assim, mentalmente a apago.

fazenda do salto 2

Da janela do quarto, o olhar perdido no horizonte, cabeça vazia de pensamentos. Começo de noite, a lua prematura, um risco no céu. Mundo vazio e escuro, céu limpo, apenas as estrelas, o risco de lua e o horizonte infinito. Mais adiante no tempo, estrondos, trovões incômodos; depois, descargas elétricas, faíscas desordenadas, raios no meio da escuridão.

Susto atrás de susto, coração acelerado, respiração entrecortada, ofegante. Mais tarde, o ritmo dos raios cada vez menor, coração desacelerado, respiração aos poucos sossegada. Chuva, gotas apressadas, pequenas no início, grandes em seguida, acumuladas na estrada de terra, de filete a riacho caudaloso, pelotas de barro, como pequenos barcos à deriva.

Depois da chuva, pés descalços nas poças d'água, barcos de papel no filete, um rio na mente infantil. Cheiro de chuva no chão. Ruídos na mata, onça, bugio, maritaca, gavião; um colibri, a flor, orvalho, pétalas molhadas, girassol sem bússola.

Plantação de trigo, água do riacho no encanamento, o barulho da azenha, um brilho na mó desgastada. Trigo, farinha, fermento, massa, fogo, forno, pão. Em um canto do paiol, milho moído, fubá, fermento, massa, forno, bolo. Café torrado e moído. Tudo junto na mesa da cozinha, o bordado na toalha, agora sim, pão, bolo, mel e o café fumegante, a criançada contente. Família reunida para o lanche da tarde.

tu me questionas demais

Tu me questionas demais
Queres saber sem razão
Tanta coisa que nem sei
Tua impureza me asfixia
Apunhala toda intenção
E me afogo a cada dia
Nesse teu amor tão louco
Que me apaga a razão
O que resta é tão pouco
E fico rouco de tanto gritar
Tua boca é imensa demais
Mas jamais esqueço teu jeito
De te abandonares em meu peito

Tu me pressionas demais
Queres beber sem perdão
Tanto pecado que nem sei
Tua rudeza me alucina
Atrapalha toda atenção
E me afasto da tua sina
Desse teu amor tão pouco
Que me afaga sem razão
O que resta é tão louco
E fico rouco de tanto gritar
Tua boca é imensa demais
Mas jamais esqueço meu medo
De me abandonar em teu peito

eletrodomésticos

Os eletrodomésticos parecem querer se comunicar conosco.

De manhã cedo, o despertador começa com três toques, "pí! pí! pí!", como quem diz "acorda! acorda! acorda!" E o soneca repete "levanta! levanta! levanta!" ..."tá atrasado! tá atrasado! tá atrasado!"

O micro-ondas, quando acaba o tempo programado, avisa "venha! venha! venha!"; após uma pausa de um minuto, se não for desligado, logo vai emendando "acabou! acabou! acabou!"; outra pausa e insiste "venha! venha! venha!"

O forno elétrico faz parecido, mas quase não há pausa, soa como "pronto! pronto! pronto!" ..."acabou! acabou! acabou!" ..."venha! venha! venha!"

A airfryer é um pouco diferente, em cinco toques vai logo dizendo "pronto! pronto! acabou! venha! desligue!"

No fogão, a panela de pressão começa a chiar "ferviiiiiiiiiii!"

Até a geladeira, se você não fecha a porta direito, depois de alguns minutos começa a gritar "fecha! fecha! fecha! fecha! fecha!"

Quem faz bonito mesmo é a lava-louça, que avisa uma vez só, "acabou!", e fica quieta depois.

A lava-roupa é quem faz o maior escândalo; quando acaba o ciclo de lavagem, começa a cantar, até mesmo querendo dançar, *"Acabou, acabou, toda essa roupa eu lavei, vem cá, vem cá, vem cá, retira tudo e vai pendurar já!"*

Mas então o interfone grita "atende! atende! atende!" Eu vou atender e, adivinhe quem é? É do Pinel!

o aplicativo

Nelson e Alfredo criaram um aplicativo de identificação de aves através de seu canto, que utilizava inteligência artificial e redes neurais para treinar computadores. Era possível gravar um áudio no celular e enviar, para que fosse identificado corretamente o pássaro presente na gravação. Havia um extenso banco de dados, com o registro do canto de incontáveis aves, catalogadas por espécie e distribuição geográfica, que fora criado por uma grande equipe de colaboradores, como ornitólogos, biólogos e naturalistas.

Alfredo gostava muito de fazer gravações, o que o fez estudar eletroacústica. Conhecia praticamente tudo relativo ao assunto. Foi o que o motivou, juntamente com seu conhecimento de ornitologia, a criar o aplicativo, em parceria com Nelson, que era biólogo por formação e um entusiasta da pesquisa. Como o programa ainda estava em desenvolvimento, algumas gravações recebidas de usuários eram de cantos de pássaros que ainda não constavam do banco de dados, especialmente espécies mais raras, algumas sob risco de extinção. Isso às vezes exigia intervenção humana para constatar de qual pássaro se tratava.

Certo dia, receberam o áudio do canto de um pássaro que, justamente, o banco de dados não reconhecia. Alfredo ficou ouvindo a gravação repetidamente, tentando fazer a identificação. Depois de algum tempo, finalmente obteve sucesso, com a ajuda da equipe de colaboradores, e concluíram que era um pássaro muito raro, que corria risco de extinção. Também notou certa característica que sugeria que o pássaro talvez estivesse numa gaiola, devido à ausência de outros sons da natureza, como se se encontrasse de fato dentro de um cômodo.

Em determinado momento, de tanto ouvir a gravação, pensou distinguir ao fundo sons como se fossem código Morse, formando uma mensagem de poucas palavras. Era algo que soava como "Socorro. Sou Pedro. Estou preso." Alfredo se lembrou de ter acompanhado na imprensa, algum tempo antes, notícias sobre o desaparecimento de um menino chamado Pedro. Assim, ligou uma coisa à outra, tendo a certeza de que a mensagem era um pedido de socorro desse menino.

Mostrou a gravação para Nelson, que a ouviu com atenção. Discutiram bastante a respeito, mas Nelson se mostrou cético em relação a uma possível mensagem oculta. Levou-a também para um amigo policial ouvir e ele, da mesma forma, duvidou do possível significado. Na opinião deles, não havia mensagem alguma naquela gravação, além do canto do pássaro. Alfredo ficou bastante chateado, no entanto, não podia fazer muita coisa. Os dias foram passando, mas, ainda assim, ele não se conformava — no íntimo, tinha certeza do que tinha ouvido.

***

Pedro havia perdido a noção da passagem dos dias. Desde que tinha sido sequestrado, passava quase todo o tempo dentro da casa, com janelas e portas fechadas. Somente em alguns momentos o homem permitia que fosse até o quintal, nos fundos do terreno, para se exercitar e tomar um pouco de sol. Tinha também algumas tarefas que precisava cumprir, como lavar, varrer e limpar. Também lhe era permitido ler, quase sempre livros velhos, uma literatura de qualidade duvidosa. Um desses livros, contudo, se mostraria útil. Era um velho manual de código Morse que, em pouco tempo, ele aprendeu a usar.

Algumas vezes o sujeito conversava com ele, contava histórias confusas, o pai o teria abandonado quando tinha mais ou menos a idade de Pedro, depois havia sido jogado de um lado para outro por parentes. Resolvera levar o menino para ter uma companhia, para que ele pudesse exercer a função do pai que não teve para si.

Outra tarefa que precisava cumprir era a limpeza das diversas gaiolas onde o sequestrador mantinha presos alguns pássaros. Seu pensamento estava sempre voltado para fora dali, imaginando encontrar um jeito de fugir. Um dia, viu o bandido se preparando para gravar o canto de uma daquelas aves engaioladas. Ele sabia que o homem fazia tais gravações e as enviava para alguém, via celular. Enquanto observava, começou a bater os dedos levemente no tampo da mesa onde estava a gaiola, em uma tentativa desesperada de enviar uma mensagem.

Pedro sentia saudades de casa, do carinho da sua mãe, das brincadeiras com a irmãzinha. O homem não era violento, a maior parte das vezes, mas o intimidava, queria que ele agisse de determinada maneira, como se representasse um papel. O tempo transcorria como se sua mensagem não tivesse sido ouvida, ou mesmo entendida.

***

Os policiais chegaram sem estardalhaço. Tocaram a campainha e ele atendeu, cheio de medo. Com um mandado de busca e apreensão, começaram a vasculhar a casa, cômodo por cômodo. O homem empalideceu, começou a suar, teve incontinência urinária. Nos fundos da casa havia uma grande área coberta, com algumas gaiolas, e pássaros de várias espécies, raros, canoros, coloridos. Tudo isso foi constatado e registrado. Faltava apenas uma porta a ser aberta, que estava trancada. Abriram com um estrondo. Lá dentro, encontraram Pedro.

No dia seguinte, os noticiários ostentavam em suas manchetes a história do cativeiro e libertação do menino desaparecido. Nas palavras da polícia, tudo não passou de uma feliz coincidência, pois eles haviam recebido uma denúncia de tráfico de animais silvestres. Alfredo acompanhava tudo com um leve sorriso nos lábios e o coração sossegado.

a casa na árvore

Tudo acontecia na casa da árvore — um tablado de madeira sobre a pereira enorme que ficava nos fundos do terreno, praticamente encostada no muro da casa vizinha. Suas brincadeiras, as leituras quase diárias de gibis e livros infantis, as zangas que penava até passarem, tudo acontecia naquele estrado construído entre os galhos da árvore.

Havia vezes que ficava apenas olhando as nuvens ou a lagarta subindo algum galho da árvore (tempos depois, a crisálida em seu casulo e, depois ainda, borboletas de todos os tipos). Ou então observava os pequenos insetos presos nas teias de aranha e as sabiás, corruíras e maritacas que vinham bicar as peras. Gostava de ficar ali, quando sua cabeça se enchia de dúvidas ou certezas, e as ideias e os poemas que depois colocava no papel.

Um dia olhou sobre o muro do vizinho e viu uma garota cuidando de uma roseira. Passou a observá-la todos os dias, cuidando para que não fosse visto. Às vezes ela vinha bem cedo; outras vezes, mais tarde, se não chovia, e regava as flores com carinho. Parecia que falava com elas. Eram conversas que ele não conseguia ouvir.

Certa vez, tentando espichar as orelhas para escutar, apoiou-se em um galho seco, que quebrou, levando-o ao chão com estrondo. Depois de alguns instantes, já refeito da queda, levantou-se e ouviu, vindo do alto do muro, a voz doce da menina, querendo saber se ele tinha se machucado. Envergonhado, mal olhou para ela, resmungou alguma coisa e correu para dentro de casa corado feito um tomate maduro.

Ficou sem aparecer no quintal por um ou dois dias. A curiosidade venceu afinal, e, com todo o cuidado, subiu até a casa da árvore. Deu uma olhada rápida e quase caiu novamente. A menina estava encarapitada no muro esperando por ele. Lutando contra a timidez, balbuciou um olá e começaram a conversar. Depois de alguns minutos de poucas palavras, ela perguntou se podia "entrar" na casa. Meio sem jeito, ele concordou.

Olhou em redor com curiosidade e viu num canto alguns livros de coleções infantis, uns poucos gibis. Ela se aproximou e ficou folheando alguns com interesse, depois se assentou para ler as histórias do Lobato. Ele se sentou ao lado dela, pegou outro livro e começou a ler, olhando-a de esguelha.

Passavam as tardes assim, lendo bastante, conversando um pouco. Ele gostava de ouvir aquela voz. Ela falava sempre sorridente, mostrando covinhas nas bochechas. Algumas vezes, uma brisa suave desmanchava seus cabelos. Houve um tempo em que conversavam mais do que liam. Gostavam de trocar ideias, iniciar discussões acaloradas sobre os destinos de personagens das histórias, quem tinha razão, quem não tinha, depois davam risadas.

Certo dia permaneceram ali até mais tarde. Havia escurecido, e viram a noite chegando. O céu estava limpo, iluminado por estrelas e uma enorme lua silenciosa. Uma coruja piava ao longe. Deitaram-se sobre o tablado e ficaram a olhar maravilhados para o céu. As aulas de astronomia que tivera com o tio astrônomo começaram a ser úteis. Ele falava os nomes das estrelas que conhecia, as histórias mitológicas de cada uma. Ela ficava olhando para o alto, boca aberta, coração acelerado.

Nessa hora, começou a sentir alguma coisa por dentro, um sentimento diferente que não sabia explicar. Segurou a mão dele com carinho e aquele calor que vinha de dentro dela foi se espraiando através de seu braço até alcançar a mão dele, que também se aqueceu. Antes que ele se desse conta, um calor intenso também tomou seu corpo. Se olharam como nunca haviam se olhado. Sem se darem conta, tocaram os lábios em um beijo rápido. Logo se afastaram, as bochechas como pegando fogo. Então voltaram para casa atropeladamente.

A partir desse dia, quase não liam mais. Os instantes que tinham juntos significavam a descoberta de sensações repletas de carícias e beijos. Em determinado momento, eles se despiram com suavidade. As mãos delicadamente tocando partes de seus corpos foram se movendo intuitivamente até que se encaixaram pouco antes da explosão em um gozo até então desconhecido.

Agora passavam as tardes assim na casa em cima da árvore. As palavras deixaram de ser acanhadas. Eles se despiam sem medo e se amavam com pressa num galope bravio. Se abraçavam e se beijavam. As mãos procuravam tocar seus corpos suados. Depois olhavam o céu e ficavam maravilhados.

***

Aos 80 anos, não tinha tanta agilidade. Então subiu as escadas com dificuldade. Olhou em redor com curiosidade. Afinal, a árvore não era tão grande como lembrava. Olhou para o muro ao lado, querendo lembrar o passado. Pensou em tudo que houvera e tinha ficado na mente.

Esperou escurecer. Deitou-se sobre o tablado como há muito tempo não fazia, quando ouviu o pio de uma coruja, ao longe, fazendo-a erguer um olhar maravilhado para o céu iluminado por estrelas e uma enorme lua silenciosa.

Nesse momento, sentiu alguma coisa dentro de si, um sentimento conhecido, que não sabia explicar de onde vinha. Um calor intenso tomou seu corpo, sentiu como se uma mão tocasse a sua, o coração acelerado. Ouviu uma voz que conhecia muito bem. E a voz começou a falar os nomes das estrelas todas, as histórias de cada uma. Era como um acalanto. Aquilo foi acalmando sua alma até que não sentiu mais nada e fechou os olhos pela última vez.

ouço

Ouço os sons da noite na mata quase quieta. Percebo a onça quando chega na beira do riacho para beber água. O quati correndo dali, buscando frutas para se alimentar. O vento sibilante, varrendo o chão de folhas do outono.

Ouço o pio da coruja, que ouve o sagui no meio da ramagem. A cobra se arrastando no interior das moitas de espinhos. A jaguatirica rondando pela trilha. Escuto o colibri pairando no ar, a borboleta saindo do casulo, a abelha carregando o pólen que tira das flores.

Ouço o som das frutas madurando nos galhos das árvores. O filhote crescendo na barriga da mãe, os ovos chocando no ninho do gavião, o voo improvável dos filhotes saindo do ninho. Percebo as baleias, os golfinhos e arraias nadando nos oceanos.

Ouço a chuva caindo pesada sobre a copa das árvores, a garoa molhando as pétalas das flores, o arco-íris que se forma depois. As labaredas do fogo queimando a mata seca, as nuvens que se movem no céu. Escuto as ondas do mar batendo nas rochas, esfazendo-as devagar em areia.

Ouço a harmonia do canto dos pássaros nos galhos das árvores. A luz, toda vez que se faz dia. A Lua, quando muda de fase. Escuto os trovões das tempestades e os seus raios. As geleiras nos picos das montanhas, os glaciares nos polos gelados.

Ouço o som das sementes germinando, as raízes das plantas crescendo embaixo da terra. As nascentes se formando nas cabeceiras dos rios. Percebo a água borbulhante correndo com pressa pelas pedras do riacho, as cascatas que se precipitam dos penhascos, sem medo.

Ouço o Sol, quando aparece no horizonte, fazendo crescer a sombra das copas das árvores, refrescando o dia. Percebo o som das rochas que causam terremotos, nas profundezas do solo. A areia se movendo com o vento no deserto, o dromedário que procura um oásis.

Ouço o ruído das cidades, o barulho dos veículos no trânsito, as buzinas, as sirenes das ambulâncias. Escuto as crianças brincando nas ruas com suas bolinhas de gude, bicicletas, carrinhos de rolimã.

Ouço os corações das pessoas na multidão. A mãe em êxtase pela filha que nasceu. O pai que perdeu o filho para as drogas. A avó, deslembrada do neto. Percebo a certeza no coração dos amantes, a hesitação no pensamento dos suicidas.

Ouço a verdade pronunciada no silêncio, a mentira apregoada pelas praças, a dúvida discretamente brotando na mente. Ouço tanto, nem sei o tanto que ouço.

Leia também, da Editora InVerso:

A ÚLTIMA CAMADA

A Última Camada traz histórias picantes, emocionantes, dilacerantes e divertidas dos personagens que nada mais são do que fragmentos de pessoas reais, de nós mesmos, de nosso alter ego. Os contos transportam as pessoas para sentirem emoções e ressignificarem memórias afetivas, inspirando novos olhares sobre as coisas, para que possamos nos desvencilhar de conceitos pré-concebidos e refletir antes de julgar.

MARIBEL, VOCÊ ESTRAGOU TUDO

Quem tem coragem de falar de desamor? Desamor é o que fica quando o amor acaba? O amor é a maior força que existe no mundo. Uma força incontrolável que move montanhas, inspira rimas e desperta sonhos. Mas ... E quando o barco do amor encalha e o sentimento morre na praia? *Maribel, você estragou tudo – contos de desamor* está aqui para mostrar que nem sempre sabemos tudo sobre amores naufragados. Aliás, raramente sabemos algo. Envolva-se com essa narrativa sobre casos de amor que tinham tudo para dar certo, mas, por algum infortúnio ou desejo do destino, foram parar na rua da amargura. Não tente adivinhar o que este livro guarda em seu interior, não se prive das histórias deliciosas que Maribel quer compartilhar com você. Não estrague tudo!